besmirch

damage the reputation of someone or
something in the opinion of others.
expl. He had besmirched the good name of
his family.

CUENTOS DE LA SELVA

❖

HORACIO QUIROGA

EDITORES MEXICANOS UNIDOS, S. A.

GRANDES DE LA
LITERATURA

Cuentos de la selva

D. R. © Editores Mexicanos Unidos, S. A.
Luis González Obregón 5, Col. Centro.
Cuauhtémoc, 06020, Ciudad de México.
Tels. 55 21 88 70 al 74
Fax: 55 12 85 16
editmusa@prodigy.net.mx
www.editoresmexicanosunidos.com

Coordinación editorial y diseño de portada: Mabel Laclau Miró
Portada, formación y corrección: Equipo de producción de
Editores Mexicanos Unidos, S. A.

Miembro de la Cámara Nacional
de la Industria Editorial. Reg. Núm. 115.

Edición 2020

ISBN (título)   978-607-14-1136-5   ISBN 978-607-14-1136-5
ISBN (colección)   978-968-15-1294-1

Impreso en México
Printed in Mexico

9 786071 411365

Se imprimió en los talleres de Lyon A.G. S.A de C.V.,
con domicilio en Hierro No 5 Col. Esfuerzo Nacional,
Ecatepec de Morelos, C.P. 55320, Estado de México.

ÍNDICE

❀

PRÓLOGO

❈

Marco histórico

La literatura de la época

Es esta la etapa del modernismo en la literatura de América Latina. Los integrantes de esa tendencia renovadora reciben el nombre de modernos, porque su objetivo fundamental consiste precisamente en modernizar el lenguaje, independizándose del decadente romanticismo español, que hasta ese momento constituía su principal carga cultural heredada de la Colonia. Lectores de Verlaine y de Barbey d'Aurevilly, admiradores de Poe y de Ibsen, entusiasmados gustadores de los nuevos escritores rusos, buscan en esas fuentes el eco de una voz propia, funden en el mismo crisol sintetizador técnicas y manifestaciones culturales de diversas procedencias, y a partir de ellas instrumentan una nueva modalidad expresiva y lingüística.

Si bien el *Azul* de Rubén Darío conforma el hito fundamental a través del cual se perfiló el modernismo como particular tendencia de origen latinoamericano, los autores llamados modernos aportan un variado espectro temático dentro de este estilo.

Además, en determinado momento, los modernistas vuelcan su mirada sobre América: es la época de las intervenciones estadunidenses en el continente, del auge de la Revolución Mexicana y, más tarde, del triunfo de la Revolución Rusa. Acontecimientos todos que determinarán las obras de este periodo y despertarán en los autores el interés por los temas sociales y el deseo de especificar el compromiso de su literatura. Aparece entonces entre los modernistas una corriente que, además de plantear su deslumbramiento por la naturaleza americana, intenta poner de manifiesto los males sociales para los cuales tenía que encontrar una solución o que por lo menos debía denunciar. A esa narrativa se le llamó "novela de la tierra", cuyos cultores más significativos fueron, entre otros, el venezolano Rómulo Gallegos, el boliviano Alcides Arguedas, el colombiano José Eustasio Rivera, el mexicano Mariano Azuela y el uruguayo Horacio Quiroga.

Vida y obra del autor

"No escribas bajo el imperio de la emoción. Déjala morir y evócala luego. Si entonces eres capaz de revivirla tal cual fue, has llegado en arte a la mitad del camino". Así dijo Horacio Quiroga y él llegó mucho más allá de esa mitad.

Estudiante de Filosofía, Química y Literatura; ciclista aficionado y carpintero; plantador de algodón en el Chaco argentino; ocasional Juez de Paz; trotamundos sin dinero; fotógrafo y mecánico; maestro rural; combatiente en las luchas civiles de su país; colono en la selva misionera y testigo de la dura vida de las peonadas indígenas en los yerbales y en las plantaciones de tabaco, Quiroga conoce la vida, y la transmite con fidelidad. Observa lo que sucede a su alrededor y lo cuenta con economía de detalles, en un estilo ceñido, profundo y áspero.

Nacido en Salto, Uruguay, el 31 de diciembre de 1878, precursor de lo que hoy se conoce como literatura de ciencia-ficción, autor en 1906 del relato *Los Perseguídos*, que se considera un adelanto de lo que más tarde habría de llamarse "literatura psicológica", admirador de Chéjov, Dostoievsky, Maupassant, Darío y Conrad;

Quiroga inicia su carrera literaria influido por Poe. Cuando cumple quince años y ya es un poeta, dice: "Tengo la cabeza llena de Poe". Después encuentra su propio camino. El Quiroga cuentista, autor teatral, poeta y novelista, se convierte en una de las glorias de la literatura latinoamericana.

La gloria, empero, no es siempre bienvenida por el propio Quiroga. En París, frente al *Pont des Arts,* en el *quai Malaquais,* dice en 1900: "Cambiaría la gloria por la seguridad de comer tres días seguidos". No logra esa seguridad hasta que se instala en la selva misionera. Conoce la selva en 1903 como fotógrafo de una expedición y se radica allí poco después viviendo en una casa construida con sus propias manos, con Ana María Cirés, su segunda esposa. En la selva su vida y su literatura se funden en una única, sólida e inseparable experiencia. Construye allí una literatura propia, auténtica, fuertemente enraizada en su propia vivencia nacional y personal. La selva, cuyos personajes y misterios describe con alucinante realismo, se convierte así en el escenario de su madurez literaria.

Quiroga se inició como modernista, tendencia que jamás abandonó. No obstante, su prosa se fue haciendo más realista, expresando a la vez sus extrañas y fascinantes percepciones personales, sin dejar transparentar la influencia de sus más admirados maestros.

El salvaje (1920), *Anaconda* (1921), *El desierto* (1924) y *Los desterrados* (1926), dan nueva dimensión a las excelencias de *Los arrecifes de coral* (1901), su primer libro; *El crimen del otro* (1904), *Historia de un amor turbio* (1908), *Cuentos de amor de locura y de muerte* (1917), y *Cuentos de la selva* (1919).

Contemporáneo de sus compatriotas modernistas José Enrique Rodó en la prosa, Carlos y María Eugenia Vaz Ferreira y Herrera y Reissig en la poesía, Florencio Sánchez en el teatro, así como de los narradores realistas Javier de Viana y Carlos Reyles, Horacio

Quiroga ha sido considerado como un maestro del cuento corto y de gran influencia en la generación que luego encumbrara a Carpentier, a Rulfo, a José María Arguedas y posteriormente a García Márquez.

Todo lo que escribió Quiroga verifica la presencia casi obsesiva de la muerte, como reflejo, quizá, de su propia vida: su padre murió trágicamente cuando él tenía apenas dos meses, su padrastro pereció en un accidente, su primera esposa se suicidó y él mismo mató a su mejor amigo al dispararse un arma que estaba limpiando. Dice Anderson Imbert: "Su literatura llevaba también una aciaga mueca; y él, como persona, entraba y salía de la vida a la literatura, de la literatura a la vida, empujado por un demonio que lo obligaba a amar y a destruir lo amado, a afanarse por el éxito y, en el fondo, desear morir (…) Su rico anecdotario de hombre áspero y difícil era el que corresponde a un personaje novelesco; así se explican también sus cuentos, llenos de personajes arrancados del trato cotidiano".

En 1936, en carta a Ezequiel Martínez Estrada, Quiroga dice: "No temo a la muerte, porque ella significa descanso". Un año después, el 19 de febrero de 1937, víctima de un mal incurable, se suicida.

Cuentos de la selva

En un río muy grande, en un país desierto donde nunca había estado el hombre, los yacarés construyeron un dique para impedir que pasaran los buques de guerra. Dejaban pasar a los barcos cargados de naranjas, pero no querían saber nada con los de guerra. Es que en la selva hay animales que piensan mejor que los hombres, y que los quieren. Como la tortuga que recogió a un cazador enfermo, le dio alimentos y agua y lo llevó sobre su lomo hasta una ciudad muy lejana para que lo atendiera un doctor. Y hay también hombres que quieren a los animales, como el que se hizo amigo de una gamita ciega y le daba miel y se ponía loco de alegría cuando ella le traía de regalo plumas de garza, que son tan hermosas. Y están también la abejita haragana, que se transformó en la más trabajadora de todas; las rayas buenas del gran Yabebirí; los flamencos que usaban medias coloradas; las serpientes que se ponían vestidos de tul y las ranas que fumaban cigarrillos paraguayos.

Es el genio, la imaginación portentosa de Horacio Quiroga, su desbordada fantasía, lo que da vida a esa selva fantástica, centro de un mundo ideal, casi mágico. Hombres y animales hermanados en un mismo paisaje, salvaje y hermoso. Animales y hombres unidos en la misma excitante experiencia de vivir en una región aislada, donde la naturaleza impone sus propias leyes, condiciona la vida de unos y otros, los enfrenta a veces y en ocasiones los obliga a compartir esfuerzos para enfrentar los mismos riesgos. Hombres y animales ofrecen el ejemplo de una nueva dimensión de amistad y de relaciones entre los seres, presidida por la lealtad, el agradecimiento, la nobleza y el respeto mutuo: constantes de una convivencia que Quiroga erige como símbolo de lo que debería ser, entre los hombres, un ideal de vida. Pero en la selva, como en el resto del mundo, hay seres que rompen esas normas: pescadores que matan peces con dinamita, hombres armados que encienden el fuego de la destrucción a su paso, tigres feroces que atacan con crueldad y con sadismo.

Y de esa triste realidad Quiroga extrae conclusiones que se transforman en un mensaje: "el fin de nuestros esfuerzos debe ser la felicidad de todos", y para eso hay que vivir en paz y en armonía. En amor hombres y animales. Todos.

Quiroga hizo de la selva de la frontera argentino-paraguaya, donde vivió, el escenario y el punto de referencia central de sus cuentos y novelas. La naturaleza bravía, la fuerza arrolladora del medio físico, el paisaje como entidad dominante y decisiva, son elementos característicos de la obra de Quiroga, de la cual este libro es uno de sus más típicos testimonios.

Quiroga escribió *Cuentos de la selva* para sus hijos, pero más allá de ese objetivo personal e inmediato, los relatos aquí reunidos alcanzan una proyección más amplia y general que los ubica en un lugar preferente dentro de la literatura de su género.

Decididamente alegórico, pleno de sugerencias y enseñanzas morales, *Cuentos de la selva* atrae por el escenario donde transcurren los relatos, atrapa por el clima fascinante del mundo humano y animal que le sirve de soporte, y cobra trascendencia por su contenido, por el mensaje que a través de Quiroga transmite.

Ese mensaje no viene traído, como en otras obras de su mismo estilo, por personajes excepcionales, fuera de serie, que dejan flotando en el ánimo del lector la sugerencia negativa de que la nobleza, la sinceridad, la valentía y todas las virtudes de los seres, son exclusivo patrimonio de personalidades que están más allá de lo común. Es precisamente esa no excepcionalidad del personaje "quiroguiano", la generalización del protagonista, su carencia de características singulares, lo que da al libro su esencia didáctica. Todos los seres, nos dice Quiroga, están en condiciones de escalar los más altos niveles de perfección moral. Si no todos lo hacen es porque existen condiciones que determinan los comportamientos, y es precisamente el deseo y la voluntad de superar y transformar esas condiciones, lo que nos hará mejores a nosotros y a todos. Así, una abeja haragana puede transformarse, como aquí sucede, en la más laboriosa de la colmena. Un cazador de venados puede hacerse amigo de ellos, curar a una gama ciega y sentirse feliz por haberlo hecho. Los flamencos aprenden en carne propia que la modestia sublima el espíritu; la tortuga gigante y su peor enemigo dan un ejemplo de solidaridad entrañable; los hombres comprenden que no hay que matar a seres indefensos. Lo que importa entonces es la esencia misma de los relatos, no sus héroes. Lo que sucede en estos cuentos puede sucederle a cualquiera y cualquiera puede ser uno de esos héroes. No hay una aristocracia de buenos y fuertes. La conquista del bien para cada uno y para todos no es patrimonio de un puñado de elegidos y poderosos. Descansa en el corazón y en la fuerza de todos nosotros.

Por eso aquí la selva y sus habitantes son símbolos del mundo y de cuantos vivimos en él. Si los animales pueden llegar a cimas de comportamientos tan virtuosos como los que asumen en estos relatos, el hombre —verdadero personaje de todo el libro— tiene la posibilidad de edificar un mundo feliz presidido por las constantes que Quiroga exalta en cada uno de los cuentos: la vida en armonía sugerida por la feliz convivencia de hombres y animales, la solidaridad, el trabajo creativo, la paz, la comprensión, el amor, la lealtad y la generosidad. Así, en definitiva, el mundo dejará de ser una selva.

LUCIANA PASSAMAY

LA TORTUGA GIGANTE

Había una vez un hombre que vivía en Buenos Aires, y estaba muy contento porque era un hombre sano y trabajador. Pero un día se enfermó, y los médicos le dijeron que solamente yéndose al campo podría curarse. Él no quería ir, porque tenía hermanos chicos a quienes daba de comer; y se enfermaba cada día más. Hasta que un amigo suyo, que era director del zoológico, le dijo un día:

—Usted es amigo mío, y es un hombre bueno y trabajador. Por eso quiero que se vaya a vivir al monte, a hacer mucho ejercicio al aire libre para curarse. Y como usted tiene mucha puntería con la escopeta, cace bichos del monte para traerme los cueros, y yo le daré plata adelantada para que sus hermanitos puedan comer bien.

El hombre enfermo aceptó, y se fue a vivir al monte, lejos, más lejos que Misiones todavía. Hacía allá mucho calor, y eso le hacía bien.

Vivía solo en el bosque, y él mismo se cocinaba. Comía pájaros y bichos del monte, que cazaba con la escopeta. Y después comía frutas. Dormía bajo los árboles, y cuando hacía mal tiempo construía en cinco minutos una ramada con hojas de palmera, y allí se la pasaba sentado y fumando, muy contento en medio del bosque que bramaba con el viento y la lluvia.

Había hecho un atado con los cueros de los animales, y lo llevaba al hombro. Había también agarrado, vivas, muchas víboras venenosas, y las llevaba dentro de un gran mate, porque allá hay mates tan grandes como una lata de kerosene.

El hombre tenía otra vez buen color, estaba fuerte y tenía apetito. Precisamente un día en que tenía mucha hambre, porque hacía dos días que no cazaba nada, vio a la orilla de una gran laguna un tigre enorme que quería comer una tortuga, y la ponía parada de canto para meter dentro de sus fauces una pata y sacar la carne con las uñas. Al ver al hombre el tigre lanzó un rugido espantoso y se lanzó de un salto sobre él. Pero el cazador, que tenía una gran puntería, le apuntó entre los dos ojos, y le rompió la cabeza. Después le sacó el cuero, tan grande que él solo podría servir de alfombra para un cuarto.

—Ahora —se dijo el hombre— voy a comer tortuga, que es una carne muy rica.

Pero cuando se acercó a la tortuga, vio que estaba ya herida, y tenía la cabeza casi separada del cuello, y la cabeza colgaba casi de dos o tres hilos de carne.

A pesar del hambre que sentía, el hombre tuvo lástima de la pobre tortuga, y la llevó arrastrando con una soga hasta su ramada y le vendó la cabeza con tiras de género que sacó de su camisa, porque no tenía más que una sola camisa, y no tenía trapos. La había llevado arrastrando porque la tortuga era inmensa, tan alta como una silla, y pesaba como un hombre.

La tortuga quedó arrimada a un rincón, y allí pasó días y días sin moverse.

El hombre la curaba todos los días, y después le daba golpecitos con la mano sobre el lomo.

La tortuga sanó por fin. Pero entonces fue el hombre quien se enfermó. Tuvo fiebre y le dolía todo el cuerpo.

Después no pudo levantarse más. La fiebre aumentaba siempre, y la garganta le quemaba de tanta sed. El hombre comprendió que estaba gravemente enfermo, y habló en voz alta, aunque estaba solo, porque tenía mucha fiebre.

—Voy a morir —dijo el hombre—. Estoy solo, ya no puedo levantarme más, y no tengo quién me dé agua siquiera. Voy a morir aquí de hambre y de sed.

Y al poco rato la fiebre subió más aún, y perdió el conocimiento.

Pero la tortuga lo había oído, y entendió lo que el cazador decía. Y ella pensó entonces:

—El hombre no me comió la otra vez, aunque tenía mucha hambre, y me curó. Yo lo voy a curar a él ahora.

Fue entonces a la laguna, buscó una cáscara de tortuga chiquita, y después de limpiarla bien con arena y ceniza la llenó de agua y le dio de beber al hombre, que estaba tendido sobre su manta y se moría de sed. Se puso a buscar enseguida raíces ricas y yuyitos tiernos, que le llevó al hombre para que comiera. El hombre comía sin darse cuenta de quién le daba la comida, porque tenía delirio con la fiebre y no conocía a nadie.

Todas las mañanas, la tortuga recorría el monte buscando raíces cada vez más ricas para darle al hombre, y sentía no poder subirse a los árboles para llevarle frutas.

El cazador comió así días y días sin saber quién le daba la comida, y un día recobró el conocimiento. Miró a todos lados, y vio que estaba solo, pues allí no había más que él y la tortuga, que era un animal. Y dijo otra vez en voz alta:

—Estoy solo en el bosque, la fiebre va a volver de nuevo, y voy a morir aquí, porque solamente en Buenos Aires hay remedios para curarme. Pero nunca podré ir, y voy a morir aquí.

Y como él lo había dicho, la fiebre volvió esa tarde, más fuerte que antes, y perdió de nuevo el conocimiento.

Pero también esta vez la tortuga lo había oído, y se dijo:

—Si se queda aquí en el monte se va a morir, porque no hay remedios, y tengo que llevarlo a Buenos Aires.

Dicho esto, cortó enredaderas finas y fuertes, que son como piolas, acostó con mucho cuidado al hombre encima de su lomo, y lo sujetó bien con las enredaderas para que no se cayese. Hizo muchas pruebas para acomodar bien la escopeta, los cueros y el mate con víboras, y al fin consiguió lo que quería, sin molestar al cazador, y emprendió entonces el viaje.

La tortuga, cargada así, caminó y caminó de día y de noche. Atravesó montes, campos, cruzó a nado ríos de una legua de ancho, y atravesó pantanos en que quedaba casi enterrada, siempre con el hombre moribundo encima. Después de ocho a diez horas de caminar se detenía, deshacía los nudos y acostaba al hombre con mucho cuidado en un lugar donde hubiera pasto bien seco.

Iba entonces a buscar agua y raíces tiernas, y le daba al hombre enfermo. Ella comía también, aunque estaba tan cansada que prefería dormir.

A veces tenía que caminar al sol; y como era verano, el cazador tenía tanta fiebre que deliraba y se moría de sed. Gritaba: "¡agua!, ¡agua!", a cada rato. Y cada vez la tortuga tenía que darle de beber.

Así anduvo días y días, semana tras semana. Cada vez estaban más cerca de Buenos Aires, pero también cada día la tortuga se iba debilitando, cada día tenía menos fuerza, aunque ella no se quejaba. A veces se quedaba tendida, completamente sin fuerzas, y el hombre recobraba a medias el conocimiento. Y decía, en voz alta:

—Voy a morir, estoy cada vez más enfermo, y solo en Buenos Aires me podría curar. Pero voy a morir aquí, solo en el monte.

Él creía que estaba siempre en la ramada, porque no se daba cuenta de nada. La tortuga se levantaba entonces y emprendía de nuevo el camino.

Pero llegó un día, un atardecer, en que la pobre tortuga no pudo más. Había llegado al límite de sus fuerzas, y no podía más. No había comido desde hacía una semana para llegar más pronto. No tenía más fuerza para nada.

Cuando cayó del todo la noche, vio una luz lejana en el horizonte, un resplandor que iluminaba el cielo y no supo qué era. Se sentía cada vez más débil, y cerró entonces los ojos para morir junto con el cazador, pensando con tristeza que no había podido salvar al hombre que había sido bueno con ella.

Y, sin embargo, estaba ya en Buenos Aires, y ella no lo sabía. Aquella luz que veía en el cielo era el resplandor de la ciudad, e iba a morir cuando estaba ya al fin de su heroico viaje.

Pero un ratón de la ciudad —posiblemente el "ratoncito Pérez"— encontró a los dos viajeros moribundos.

—¡Qué tortuga! —dijo el ratón—. Nunca he visto una tortuga tan grande. ¿Y eso que llevas en el lomo, qué es? ¿Es leña?

—No —le respondió con tristeza la tortuga—. Es un hombre.

—¿Y adónde vas con ese hombre? —añadió el curioso ratón.

—Voy... voy... Quería ir a Buenos Aires —respondió la pobre tortuga en una voz tan baja que apenas se oía—. Pero vamos a morir aquí porque nunca llegaré...

—¡Ah, zonza, zonza! —dijo riendo el ratoncito—. ¡Nunca vi una tortuga más zonza! ¡Si ya has llegado a Buenos Aires! Esa luz que ves allá, es Buenos Aires.

Al oír esto, la tortuga se sintió con una fuerza inmensa porque aún tenía tiempo de salvar al cazador, y emprendió la marcha.

Y cuando era de madrugada todavía, el director del jardín zoológico vio llegar a una tortuga embarrada y sumamente flaca que traía acostado en su lomo y atado con enredaderas, para que no se cayera, a un hombre que se estaba muriendo. El director reconoció a su amigo, y él mismo fue corriendo a buscar remedios, con los que el cazador se curó enseguida.

Cuando el cazador supo cómo lo había salvado la tortuga, cómo había hecho un viaje de 300 leguas para que tomara remedios, no quiso separarse más de ella. Y como él no podía tenerla en su casa, que era muy chica, el director del zoológico se comprometió a tenerla en el jardín, y a cuidarla como si fuera su propia hija.

Y así pasó. La tortuga, feliz y contenta con el cariño que le tienen, pasea por todo el jardín, y es la misma gran tortuga que vemos todos los días comiendo el pastito alrededor de las jaulas de los monos.

El cazador la va a ver todas las tardes y ella conoce desde lejos a su amigo, por los pasos. Pasan un par de horas juntos, y ella no quiere nunca que él se vaya sin que le dé una palmadita de cariño en el lomo.

Las medias de los
flamencos

❈

Cierta vez, las víboras dieron un gran baile. Invitaron a las ranas y a los sapos, a los flamencos y a los yacarés y a los peces. Los peces, como no caminan, no pudieron bailar; pero siendo el baile a la orilla del río, los peces estaban asomados a la arena, y aplaudían con la cola.

Los yacarés, para adornarse bien, se habían puesto en el pescuezo un collar de bananas, y fumaban cigarros paraguayos. Los sapos se habían pegado escamas de pescado en todo el cuerpo y caminaban meneándose como si nadaran, y cada vez que pasaban muy serios por la orilla del río, los peces les gritaban haciéndoles burla.

Las ranas se habían perfumado todo el cuerpo y caminaban en dos pies. Además, cada una llevaba colgada, como un farolito, una luciérnaga que se balanceaba.

Pero las que estaban hermosísimas eran las víboras.

Todas, sin excepción, estaban vestidas con traje de bailarina, del mismo color de cada víbora. Las víboras coloradas llevaban una pollerita de tul colorado; las verdes, una de tul verde; las amarillas, otra de tul amarillo; y las yararás, una pollerita de tul gris pintada con rayas de polvo de ladrillo y ceniza, porque así es el color de las yararás.

Y las más espléndidas de todas eran las víboras de coral, que estaban vestidas con larguísimas gasas rojas, blancas y negras, y bailaban como serpentinas. Cuando las víboras danzaban y daban vueltas apoyadas en la punta de la cola, todos los invitados aplaudían como locos.

Solo los flamencos, que entonces tenían las patas blancas, y tienen ahora como antes la nariz muy gruesa y torcida, solo los flamencos estaban tristes porque, como tienen muy poca inteligencia, no sabían cómo adornarse. Envidiaban el traje de todos, y sobre todo el de las víboras de coral. Cada vez que una víbora pasaba por delante de ellos, coqueteando y haciendo ondular las gasas de serpentinas, los flamencos se morían de envidia. Un flamenco dijo entonces:

—Yo sé lo que vamos a hacer. Vamos a ponernos medias coloradas, blancas y negras, y las víboras de coral se van a enamorar de nosotros.

Y levantando todos juntos el vuelo, cruzaron el río y fueron a golpear en un almacén del pueblo.

—¡Tan-tan! —pegaron con las patas.

—¿Quién es? —respondió el almacenero.

—Somos los flamencos. ¿Tienes medias coloradas, blancas y negras?

—No, no hay —contestó el almacenero—. ¿Están locos? En ninguna parte van a encontrar medias así.

Los flamencos fueron entonces a otro almacén.

—¡Tan-tan! ¿Tienes medias coloradas, blancas y negras?

El almacenero contestó:

—¿Cómo dice? ¿Coloradas, blancas y negras? No hay medias así en ninguna parte. Ustedes están locos. ¿Quiénes son?

—Somos los flamencos —respondieron ellos.

Y el hombre dijo:

—Entonces son con seguridad flamencos locos.

Fueron a otro almacén.

—¡Tan-tan! ¿Tienes medias coloradas, blancas y negras?

El almacenero gritó:

—¿De qué color? ¿Coloradas, blancas y negras? Solamente a pájaros narigudos como ustedes se les ocurre pedir medias así. ¡Váyanse enseguida!

Y el hombre los echó con la escoba.

Los flamencos recorrieron así todos los almacenes, y de todas partes los echaban por locos.

Entonces, un tatú que había ido a tomar agua al río se quiso burlar de los flamencos y les dijo, haciéndoles un gran saludo:

—¡Buenas noches, señores flamencos! Yo sé lo que ustedes buscan. No van a encontrar medias así en ningún almacén. Tal vez haya en Buenos Aires, pero tendrán que pedirlas por encomienda postal. Mi cuñada, la lechuza, tiene medias así. Pídanselas, y ella les va a dar las medias coloradas, blancas y negras.

Los flamencos le dieron las gracias, y se fueron volando a la cueva de la lechuza. Y le dijeron:

—¡Buenas noches, lechuza! Venimos a pedirte las medias coloradas, blancas y negras. Hoy es el gran baile de las víboras, y si nos ponemos esas medias, las víboras de coral se van a enamorar de nosotros.

—¡Con mucho gusto! —respondió la lechuza—. Esperen un segundo y vuelvo enseguida.

Y echando a volar, dejó solos a los flamencos; y al rato volvió con las medias. Pero no eran medias, sino cueros de víboras de coral, lindísimos cueros recién sacados a las víboras que la lechuza había cazado.

—Aquí están las medias —les dijo la lechuza—. No se preocupen de nada, sino de una sola cosa: bailen toda la noche, bailen sin parar un momento, bailen de costado, de pico, de cabeza, como ustedes quieran; pero no paren un momento, porque en vez de bailar van entonces a llorar.

Pero los flamencos, como son tan tontos, no comprendían bien qué gran peligro había para ellos en eso, y locos de alegría se pusieron los cueros de las víboras de coral como medias, metiendo las patas dentro de los cueros, que eran como tubos. Y muy contentos se fueron volando al baile.

Cuando vieron a los flamencos con sus hermosísimas medias, todos les tuvieron envidia. Las víboras querían bailar con ellos únicamente, y como los flamencos no dejaban un instante de mover las patas, las víboras no podían ver bien de qué estaban hechas aquellas preciosas medias.

Pero poco a poco, sin embargo, las víboras comenzaron a desconfiar. Cuando los flamencos pasaban bailando al lado de ellas, se agachaban hasta el suelo para ver bien.

Las víboras de coral, sobre todo, estaban muy inquietas. No apartaban la vista de las medias, y se agachaban también tratando de tocar con la lengua las patas de los flamencos, porque la lengua de las víboras es como la mano de las personas. Pero los flamencos bailaban y bailaban sin cesar, aunque estaban cansadísimos y ya no podían más.

Las víboras de coral que conocieron esto, pidieron enseguida a las ranas sus farolitos, que eran bichitos de luz, y esperaron todas juntas a que los flamencos se cayeran de cansados.

Efectivamente, un minuto después, un flamenco, que ya no podía más, tropezó con el cigarro de un yacaré, se tambaleó y cayó de costado. Enseguida, las víboras de coral corrieron con sus farolitos, y alumbraron bien las patas del flamenco. Y vieron qué eran aquellas medias, y lanzaron un silbido que se oyó desde la otra orilla del Paraná.

—¡No son medias! —gritaron las víboras—. ¡Sabemos lo que es! ¡Nos han engañado! ¡Los flamencos han matado a nuestras hermanas y se han puesto sus cueros como medias! ¡Las medias que tienen son de víboras de coral!

Al oír esto, los flamencos, llenos de miedo porque estaban descubiertos, quisieron volar; pero estaban tan cansados que no pudieron levantar una sola pata. Entonces, las víboras de coral se lanzaron sobre ellos, y enroscándose en sus patas, les deshicieron a mordiscones las medias. Les arrancaron las medias a pedazos, enfurecidas, y les mordían también las patas, para que murieran.

Los flamencos, locos de dolor, saltaban de un lado para otro, sin que las víboras de coral se desenroscaran de sus patas. Hasta que al fin, viendo que ya no quedaba un solo pedazo de media, las víboras los dejaron libres, cansadas y arreglándose las gasas de sus trajes de baile.

Además, las víboras de coral estaban seguras de que los flamencos iban a morir, porque la mitad, por lo menos, de las víboras de coral que los habían mordido, eran venenosas.

Pero los flamencos no murieron. Corrieron a echarse al agua, sintiendo un grandísimo dolor. Gritaban de dolor, y sus patas, que eran blancas, estaban entonces coloradas por el veneno de las víboras. Pasaron días y días, y siempre sentían terrible ardor en las patas, y las tenían siempre del color de la sangre, porque estaban envenenadas.

Hace de esto muchísimo tiempo. Y ahora todavía están los flamencos casi todo el día con sus patas coloradas metidas en el agua, tratando de calmar el ardor que sienten en ellas.

A veces se apartan de la orilla, y dan unos pasos por tierra, para ver cómo se hallan. Pero los dolores del veneno vuelven enseguida, y corren a meterse en el agua. A veces el ardor que sienten es tan grande, que encogen una pata y quedan así horas enteras, porque no pueden estirarla.

Esta es la historia de los flamencos, que antes tenían las patas blancas y ahora las tienen coloradas. Todos los peces saben por qué es, y se burlan de ellos. Pero los flamencos, mientras se curan en el agua, no pierden ocasión de vengarse, comiéndose a cuanto pececillo se acerca demasiado a burlarse de ellos.

EL LORO PELADO

Había una vez una banda de loros que vivía en el monte.

De mañana temprano iban a comer choclos a la chacra, y por la tarde comían naranjas. Hacían gran barullo con sus gritos y tenían siempre un loro de centinela en los árboles más altos, para ver si venía alguien.

Los loros son tan dañinos como la langosta, porque abren los choclos para picotearlos, los cuales, después, se pudren con la lluvia. Y como al mismo tiempo los loros son ricos para comerse guisados, los peones los cazaban a tiros.

Un día, un hombre bajó de un tiro a un loro centinela, el que cayó herido y peleó un buen rato antes de dejarse agarrar. El peón lo llevó a la casa, para los hijos del patrón, y los chicos lo curaron porque no tenía más que un ala rota. El loro se curó muy bien y se amansó completamente. Se llamaba Pedrito. Aprendió a dar la pata; le gustaba estar en el hombro de las personas y con el pico les hacía cosquillas en la oreja.

Vivía suelto y pasaba casi todo el día en los naranjos y eucaliptos del jardín. Le gustaba también burlarse de las gallinas. A las cuatro o cinco de la tarde, que era la hora en que tomaban el té en la casa, el loro entraba también en el comedor y se subía con el pico y las patas por el mantel a comer pan mojado en leche. Tenía locura por el té con leche.

Tanto se daba Pedrito con los chicos, y tantas cosas le decían las criaturas, que el loro aprendió a hablar. Decía: "¡Buen día, lorito!..." "¡Rica la papa!..." "¡Papa para Pedrito!..." Decía otras cosas más que no se pueden decir, porque los loros, como los chicos, aprenden con gran facilidad malas palabras.

Cuando llovía, Pedrito se encrespaba y se contaba a sí mismo una porción de cosas, muy bajito. Cuando el tiempo se componía, volaba entonces gritando como un loco.

Era, como se ve, un loro bien feliz, que además de ser libre, como lo desean todos los pájaros, tenía también, como las personas ricas, su *five o'clock tea*.

Ahora bien: en medio de esta felicidad, sucedió que una tarde de lluvia salió por fin el sol después de cinco días de temporal, y Pedrito se puso a volar gritando:

—¡Qué lindo día, lorito!... ¡Rica la papa!... ¡La pata, Pedrito! —y volaba lejos, hasta que vio debajo de él, muy abajo, el río Paraná, que parecía una lejana y ancha cinta blanca. Y siguió, siguió volando, hasta que se asentó por fin en un árbol a descansar.

Y he aquí que de pronto vio brillar en el suelo, a través de las ramas, dos luces verdes, como enormes bichos de luz.

—¿Qué será? —se dijo el loro—. ¡Rica papa!... ¿Qué será eso?... ¡Buen día, Pedrito!

El loro hablaba siempre así, como todos los loros, mezclando las palabras sin ton ni son, y a veces costaba entenderlo, y como era muy curioso, fue bajando de rama en rama, hasta acercarse. Entonces, vio que aquellas dos luces verdes eran los ojos de un tigre que estaba agachado, mirándolo fijamente.

Pero Pedrito estaba tan contento con el lindo día, que no tuvo ningún miedo.

—¡Buen día, tigre! —le dijo—. ¡La pata, Pedrito!...

Y el tigre, con esa voz terriblemente ronca que tiene, le respondió:

—¡Bu-en-día!

—¡Buen día, tigre! —respondió el loro—. ¡Rica, papa!... ¡Rica, papa!... ¡Rica papa!...

Y decía tantas veces "¡Rica, papa!" porque ya eran las cuatro de la tarde, y tenía muchas ganas de tomar té con leche. El loro se había olvidado de que los bichos del monte no toman té con leche, y por esto le convidó al tigre.

—¡Rico té con leche! —le dijo—. ¡Buen día, Pedrito!... ¿Quieres tomar té con leche conmigo, amigo tigre?

Pero el tigre se puso furioso porque creyó que el loro se reía de él, y además, como tenía a su vez hambre, se quiso comer al pájaro hablador. Así que le contestó:

—¡Bue-no! ¡Acér-ca-te un po-co que soy sordo!

El tigre no era sordo; lo que quería era que Pedrito se acercara mucho para agarrarlo de un zarpazo. Pero el loro no pensaba sino en el gusto que tendrían en la casa cuando él se presentara a tomar té con leche con aquel magnífico amigo. Y voló hasta otra rama más cerca del suelo.

—¡Rica, papa, en casa! —repitió gritando cuanto podía.

—¡Más cerca! ¡No oi-go! —respondió el tigre con su voz ronca.

El loro se acercó un poco más y dijo:

—¡Rico, té con leche!

—¡Más cer-ca toda-vía! —repitió el tigre.

El pobre loro se acercó aún más, y en ese momento el tigre dio un terrible salto, tan alto como una casa, y alcanzó con la punta de las uñas a Pedrito. No alcanzó a matarlo, pero le arrancó todas las plumas del lomo y la cola entera.

No le quedó una sola pluma en la cola.

—¡Toma! —rugió el tigre—. Anda a tomar té con léche...

El loro, gritando de dolor y de miedo, se fue volando, pero no podía volar bien porque le faltaba la cola, que es como el timón de los pájaros. Volaba cayéndose en el aire de un lado para otro, y todos los pájaros que lo encontraban se alejaban asustados de aquel bicho raro.

Por fin pudo llegar a la casa, y lo primero que hizo fue mirarse en el espejo de la cocina. ¡Pobre Pedrito!, era el pájaro más raro y más feo que puede darse, todo pelado, todo rabón, y temblando de frío. ¿Cómo iba a presentarse en el comedor con esa figura? Voló entonces hasta el hueco que había en el tronco de un eucalipto y que era como una cueva, y se escondió en el fondo, tiritando de frío y de vergüenza.

Pero entretanto, en el comedor todos extrañaban su ausencia:

—¿Dónde estará Pedrito? —decían. Y llamaban:

—¡Pedrito! ¡Rica, papa, Pedrito! ¡Té con leche, Pedrito!

Pero Pedrito no se movía de su cueva, ni respondía nada, mudo y quieto. Lo buscaron por todas partes, pero el loro no apareció. Todos creyeron entonces que Pedrito había muerto y los chicos se echaron a llorar.

Todas las tardes, a la hora del té, se acordaban siempre del loro, y recordaban también cuánto le gustaba comer pan mojado en té con leche. ¡Pobre Pedrito! Nunca más lo verían porque había muerto.

Pero Pedrito no había muerto, sino que continuaba en su cueva sin dejarse ver por nadie, porque sentía mucha vergüenza de verse pelado como un ratón. De noche bajaba a comer y subía enseguida. De madrugada descendía de nuevo, muy ligero, e iba a mirarse en el espejo de la cocina, siempre muy triste, porque las plumas tardaban mucho en crecer.

Hasta que por fin un día, o una tarde, la familia sentada a la mesa a la hora del té vio entrar a Pedrito muy tranquilo, balanceándose como si nada hubiera pasado. Todos se querían morir; morir de gusto cuando lo vieron bien vivo y con lindísimas plumas.

—¡Pedrito, lorito! —le decían—. ¡Qué te pasó, Pedrito! ¡Qué plumas tan brillantes tiene el lorito!

Pero no sabían que eran plumas nuevas, y Pedrito, muy serio, no decía tampoco una palabra. No hacía sino comer pan mojado en té con leche, pero lo que es hablar, ni una sola palabra.

Por eso, el dueño de la casa se sorprendió mucho cuando a la mañana siguiente el loro fue volando a pararse en su hombro, charlando como un loco. En dos minutos le contó lo que le había pasado: un paseo al Paraguay, su encuentro con el tigre y lo demás; y concluía cada cuento cantando:

—¡Ni una pluma en la cola de Pedrito! ¡Ni una pluma! ¡Ni una pluma!

Y lo invitó a ir a cazar al tigre entre los dos.

El dueño de la casa, que precisamente iba en ese momento a comprar una piel de tigre que le hacía falta para la estufa, quedó muy contento de poderla tener gratis. Y volviendo a entrar en la casa para tomar la escopeta, emprendió junto con Pedrito el viaje al Paraguay. Convinieron en que cuando Pedrito viera al tigre, lo distraería charlando, para que el hombre pudiera acercarse despacito con la escopeta.

Y así pasó. El loro, sentado en una rama del árbol, charlaba y charlaba, mirando al mismo tiempo a todos lados para ver si veía al tigre. Y por fin sintió un ruido de ramas partidas, y vio de repente debajo del árbol dos luces verdes fijas en él: eran los ojos del tigre.

Entonces el loro se puso a gritar:

—¡Lindo día!... ¡Rica, papa!... ¡Rico té con leche!... ¿Quieres té con leche?

El tigre, enojadísimo al reconocer a aquel loro pelado que él creía haber matado, y que tenía otra vez lindísimas plumas, juró que esta vez no se le escaparía, y de sus ojos brotaron dos rayos de ira cuando respondió con su voz ronca:

—¡Acér-cate más! ¡Soy sor-do!

El loro voló a otra rama más próxima, siempre charlando:

—¡Rico, pan con leche!... ¡Está al pie de este árbol!

Al oír estas últimas palabras, el tigre lanzó un rugido y se levantó de un salto.

—¿Con quién estás hablando? —bramó—. ¿A quién le has dicho que estoy al pie de este árbol?

—¡A nadie, a nadie! —gritó el loro—. ¡Buen día, Pedrito!... ¡La pata, lorito!...

Y seguía charlando y saltando de rama en rama y acercándose. Pero él había dicho: *está al pie de este árbol* para avisarle al hombre, que se iba arrimando bien agachado y con la escopeta al hombro.

Y llegó un momento en que el loro no pudo acercarse más, porque si no, caía en la boca del tigre, y entonces gritó:

—¡Rica papa!... ¡Atención!

—¡Más cer-ca-aún! —rugió el tigre, agachándose para saltar.

—¡Rico, té con leche!... ¡Cuidado!, ¡va a saltar!

Y el tigre saltó, en efecto. Dio un enorme salto que el loro evitó lanzándose al mismo tiempo como una flecha en el aire. Pero también en ese mismo instante el hombre, que tenía el cañón de la escopeta recostado contra un tronco para hacer bien la puntería, apretó el gatillo, y nueve balines del tamaño de un garbanzo cada uno, entraron como un rayo en el corazón del tigre, que lanzando un bramido que hizo temblar el monte entero, cayó muerto.

Pero el loro, ¡qué gritos de alegría daba! ¡Estaba loco de contento, porque se había vengado —¡y bien vengado!— del feísimo animal que le había sacado las plumas!

El hombre estaba también muy contento, porque matar a un tigre es cosa difícil, y además, tenía la piel para la estufa del comedor.

Cuando llegaron a la casa, todos supieron por qué Pedrito había estado tanto tiempo oculto en el hueco del árbol, y todos lo felicitaron por la hazaña que había hecho.

Vivieron en adelante muy contentos. Pero el loro no se olvidaba de lo que le había hecho el tigre, y todas las tardes, cuando entraba en el comedor para tomar el té, se acercaba siempre a la piel del tigre, tendida delante de la estufa, y lo invitaba a tomar té con leche.

—¡Rica, papa!... —le decía—. ¿Quieres té con leche?... ¡La papa para el tigre!...

Y todos se morían de risa. Y Pedrito también.

La guerra
de los yacarés

En un río muy grande, en un país desierto donde nunca había estado el hombre, vivían muchos yacarés. Eran más de cien o más de mil. Comían pescados, bichos que iban a tomar agua al río, pero sobre todo pescados. Dormían la siesta en la arena de la orilla, y a veces jugaban sobre el agua cuando había noches de luna.

Todos vivían muy tranquilos y contentos. Pero una tarde, mientras dormían la siesta, un yacaré se despertó de golpe y levantó la cabeza porque creía haber sentido ruido. Prestó oídos, y lejos, muy lejos, oyó efectivamente un ruido sordo y profundo. Entonces llamó al yacaré que dormía a su lado.

—¡Despiértate! —le dijo—. Hay peligro.

—¿Qué cosa? —respondió el otro, alarmado.

—No sé —contestó el yacaré que se había despertado primero—. Siento un ruido desconocido.

El segundo yacaré oyó el ruido a su vez, y en un momento despertaron a los otros. Todos se asustaron y corrían de un lado para otro con la cola levantada.

Y no era para menos su inquietud, porque el ruido crecía, crecía. Pronto vieron como una nubecita de humo a lo lejos, y oyeron un ruido de *chas-chas* en el río como si golpearan el agua muy lejos.

Los yacarés se miraban unos a otros: ¿qué podía ser aquello?

Pero un yacaré viejo y sabio, el más sabio y viejo de todos, un viejo yacaré a quien no quedaban sino dos dientes sanos en los costados de la boca, y que había hecho una vez un viaje hasta el mar, dijo de repente:

—¡Yo sé lo que es! ¡Es una ballena! ¡Son grandes y echan agua blanca por la nariz! El agua cae para atrás.

Al oír esto, los yacarés chiquitos comenzaron a gritar como locos de miedo, zambullendo la cabeza. Y gritaban:

—¡Es una ballena! ¡Ahí viene la ballena!

Pero el viejo yacaré sacudió la cola al yacarecito que tenía más cerca.

—¡No tengan miedo! —les gritó—. ¡Yo sé lo que es la ballena! ¡Ella tiene miedo de nosotros! ¡Siempre tiene miedo!

Con lo cual los yacarés chicos se tranquilizaron. Pero enseguida volvieron a asustarse, porque el humo gris se cambió de repente en humo negro, y todos sintieron bien fuerte ahora el *chas-chas-chas* en el agua. Los yacarés, espantados, se hundieron en el río, dejando solamente fuera los ojos y la punta de la nariz. Y así vieron pasar delante de ellos aquella cosa inmensa, llena de humo y golpeando el agua, que era un vapor de ruedas que navegaba por primera vez por aquel río.

El vapor pasó, se alejó y desapareció. Los yacarés entonces fueron saliendo del agua, muy enojados con el viejo yacaré, porque los había engañado, diciéndoles que eso era una ballena.

—¡Eso no es una ballena! —le gritaron en las orejas, porque era un poco sordo—. ¿Qué es eso que pasó?

El viejo yacaré les explicó entonces que era un vapor lleno de fuego, y que los yacarés se iban a morir todos si el buque seguía pasando.

Pero los yacarés se echaron a reír, porque creyeron que el viejo se había vuelto loco. ¿Por qué se iban a morir ellos si el vapor seguía pasando? ¡Estaba bien loco, el pobre yacaré viejo!

Y como tenían hambre, se pusieron a buscar peces.

Pero no había ni un pez. No encontraron un solo pez. Todos se habían ido, asustados por el ruido del vapor. No había más pescados.

—¿No les decía yo? —dijo entonces el viejo yacaré—. Ya no tenemos nada que comer. Todos los peces se han ido. Esperemos hasta mañana. Puede ser que el vapor no vuelva más, y los peces volverán cuando no tengan más miedo.

Pero al día siguiente sintieron de nuevo el ruido en el agua, y vieron pasar de nuevo al vapor, haciendo mucho ruido y largando tanto humo que oscurecía el cielo.

—Bueno —dijeron entonces los yacarés—; el buque pasó ayer, pasó hoy, y pasará mañana. Ya no habrá más peces ni bichos que vengan a tomar agua, y nos moriremos de hambre. Hagamos entonces un dique.

—¡Sí, un dique! ¡Un dique! —gritaron todos, nadando a toda fuerza hacia la orilla—. ¡Hagamos un dique!

Enseguida se pusieron a hacer el dique. Fueron todos al bosque y echaron abajo más de diez mil árboles, sobre todo lapachos y quebrachos, porque tienen la madera muy dura... Los cortaron con la especie de serrucho que los yacarés tienen encima de la cola; los empujaron hasta el agua, y los clavaron a todo lo ancho del río, a un metro uno del otro. Ningún buque podía pasar por allí, ni grande ni chico. Estaban seguros de que nadie vendría a espantar los peces. Y como estaban muy cansados, se acostaron a dormir en la playa.

Al otro día dormían todavía cuando oyeron el *chas-chas-chas* del vapor. Todos oyeron, pero ninguno se levantó ni abrió los ojos siquiera. ¿Qué les importaba el buque? Podía hacer todo el ruido que quisiera, porque allí no iba a pasar.

En efecto: el vapor estaba muy lejos todavía cuando se detuvo. Los hombres que iban adentro miraron con anteojos aquella cosa atravesada en el río y mandaron un bote a ver qué era aquello que les impedía pasar. Entonces los yacarés se levantaron y fueron al

dique, y miraron por entre los palos, riéndose del chasco que se
había llevado el vapor.

El bote se acercó, vio el formidable dique que habían levantado
los yacarés y se volvió al vapor. Pero después volvió otra vez al dique, y los hombres del bote gritaron:

—¡Eh, yacarés!

—¿Qué hay? —respondieron los yacarés, sacando la cabeza por
entre los troncos del dique.

—¡Nos está estorbando eso! —continuaron los hombres.

—¡Ya lo sabemos!

—¡No podemos pasar!

—¡Es lo que queremos!

—¡Saquen el dique!

—¡No lo sacamos!

Los hombres del bote hablaron un rato en voz baja entre ellos
y gritaron después:

—¡Yacarés!

—¿Qué hay? —contestaron ellos.

—¿No lo sacan?

—¡No!

—¡Hasta mañana, entonces!

—¡Hasta cuando quieran!

Y el bote volvió al vapor, mientras los yacarés, locos de contentos, daban tremendos colazos en el agua. Ningún vapor iba a pasar
por allí y siempre, siempre, habría pescados.

Pero al día siguiente volvió el vapor, y cuando los yacarés miraron el buque, quedaron mudos de asombro: ya no era el mismo
buque. Era otro, un buque de color ratón, mucho más grande que
el otro. ¿Qué nuevo vapor era ese? ¿Ese también quería pasar? No
iba a pasar, no. ¡Ni ese, ni otro, ni ningún otro!

—¡No, no va a pasar! —gritaron los yacarés, lanzándose al dique, cada cual a su puesto entre los troncos.

El nuevo buque, como el otro, se detuvo lejos, y también como el otro bajó un bote que se acercó al dique.

Dentro venían un oficial y ocho marineros. El oficial gritó:

—¡Eh, yacarés!

—¡Qué hay! —respondieron estos.

—¿No sacan el dique?

—No.

—¿No?

—¡No!

—Está bien —dijo el oficial—. Entonces lo vamos a echar a pique a cañonazos.

—¡Echen! —contestaron los yacarés.

Y el bote regresó al buque.

Ahora bien, ese buque de color ratón era un buque de guerra, un acorazado con terribles cañones. El viejo yacaré sabio que había ido una vez hasta el mar, se acordó de repente y apenas tuvo tiempo de gritar a los otros yacarés:

—¡Escóndanse bajo el agua! ¡Ligero! ¡Es un buque de guerra! ¡Cuidado! ¡Escóndanse!

Los yacarés desaparecieron en un instante bajo el agua y nadaron hacia la orilla, donde quedaron hundidos, con la nariz y los ojos únicamente fuera del agua. En ese mismo momento, del buque salió una gran nube blanca de humo, sonó un terrible estampido, y una enorme bala de cañón cayó en pleno dique, justo en el medio. Dos o tres troncos volaron hechos pedazos, y enseguida cayó otra bala, y otra y otra más, y cada una hacía saltar por el aire en astillas un pedazo de dique, hasta que no quedó nada del dique. Ni un tronco, ni una astilla, ni una cáscara. Todo había sido deshecho a cañonazos por el acorazado. Y los yacarés, hundidos en el agua, con los ojos y la nariz solamente afuera, vieron pasar el buque de guerra silbando a toda fuerza.

Entonces los yacarés salieron del agua y dijeron:

—Hagamos otro dique mucho más grande que el otro.

Y en esa misma tarde y esa noche misma hicieron otro dique, con troncos inmensos. Después se acostaron a dormir cansadísimos, y estaban durmiendo todavía al día siguiente cuando el buque de guerra llegó otra vez, y el bote se acercó al dique.

—¡Eh, yacarés! —gritó el oficial.

—¡Qué hay! —respondieron los yacarés.

—¡Saquen ese otro dique!

—¡No lo sacamos!

—¡Lo vamos a deshacer a cañonazos como al otro!...

—¡Deshagan... si pueden!

Y hablaban así con orgullo porque estaban seguros de que su nuevo dique no podría ser deshecho ni por todos los cañones del mundo.

Pero un rato después el buque volvió a llenarse de humo, y con un horrible estampido la bala reventó en el medio del dique, porque esta vez habían tirado con granada. La granada reventó contra los troncos, hizo saltar, despedazó, redujo a astillas las enormes vigas. La segunda reventó al lado de la primera y otro pedazo de dique voló por el aire. Y así fueron deshaciendo el dique. Y no quedó nada del dique; nada, nada. El buque de guerra pasó entonces delante de los yacarés, y los hombres les hacían burlas tapándose la boca.

—Bueno —dijeron entonces los yacarés, saliendo del agua—. Vamos a morir todos, porque el buque va a pasar siempre y los peces no volverán.

Y estaban tristes, porque los yacarés chiquitos se quejaban de hambre.

El viejo yacaré dijo entonces:

—Todavía tenemos una esperanza de salvarnos. Vamos a ver al surubí. Yo hice el viaje con él cuando fui hasta el mar, y tiene un torpedo. Él vio un combate entre dos buques de guerra, y trajo hasta aquí un torpedo que no reventó. Vamos a pedírselo, y aunque está muy enojado con nosotros los yacarés, tiene buen corazón y no querrá que muramos todos.

El hecho es que antes, muchos años antes, los yacarés se habían comido a un sobrinito del surubí, y este no había querido tener más relaciones con los yacarés. Pero a pesar de todo fueron corriendo a ver al surubí, que vivía en una gruta grandísima en la orilla del río Paraná, y que dormía siempre al lado de su torpedo. Hay surubíes que tienen hasta dos metros de largo y el dueño del torpedo era uno de esos.

—¡Eh, surubí! —gritaron todos los yacarés desde la entrada de la gruta, sin atreverse a entrar por aquel asunto del sobrinito.

—¿Quién me llama? —contestó el surubí.

—¡Somos nosotros, los yacarés!

—No tengo ni quiero tener relación con ustedes —respondió el surubí, de mal humor.

Entonces el viejo yacaré se adelantó un poco a la gruta y dijo:

—¡Soy yo, surubí! ¡Soy tu amigo el yacaré que hizo contigo el viaje hasta el mar!

Al oír esa voz conocida, el surubí salió de la gruta.

—¡Ah, no te había conocido! —le dijo cariñosamente a su viejo amigo—. ¿Qué quieres?

—Venimos a pedirte el torpedo. Hay un buque de guerra que pasa por nuestro río y espanta a los peces. Es un buque de guerra, un acorazado. Hicimos un dique, y lo echó a pique. Hicimos otro, y lo echó también a pique. Los peces se han ido, y nos moriremos de hambre. Danos el torpedo, y lo echaremos a pique a él.

El surubí, al oír esto, pensó un largo rato, y después dijo:

—Está bien; les prestaré el torpedo, aunque me acuerdo siempre de lo que hicieron con el hijo de mi hermano. ¿Quién sabe hacer reventar el torpedo?

Ninguno sabía, y todos callaron.

—Está bien —dijo el surubí con orgullo—, yo lo haré reventar. Yo sé hacer eso.

Organizaron entonces el viaje. Los yacarés se ataron todos unos con otros; de la cola de uno al cuello del otro; de la cola de este al cuello de aquel, formando así una larga cadena de yacarés que tenía más de una cuadra. El inmenso surubí empujó el torpedo hacia la corriente y se colocó bajo él, sosteniéndolo sobre el lomo para que flotara. Y como las lianas con que estaban atados los yacarés uno detrás del otro se habían concluido, el surubí se prendió con los dientes de la cola del último yacaré, y así emprendieron la marcha. El surubí sostenía el torpedo, y los yacarés tiraban, corriendo por la costa. Subían, bajaban, saltaban por sobre las piedras, corriendo siempre y arrastrando al torpedo, que levantaba olas como un buque por la velocidad de la corrida. Pero a la mañana siguiente, bien temprano, llegaban al lugar donde habían construido su último dique, y comenzaron enseguida otro, pero mucho más fuerte que los anteriores, porque por consejo del surubí colocaron los troncos bien juntos, uno al lado del otro. Era un dique realmente formidable.

Hacía apenas una hora que acababan de colocar el último tronco del dique, cuando el buque de guerra apareció otra vez, y el bote con el oficial y ocho marineros se acercó de nuevo al dique. Los yacarés se treparon entonces por los troncos y asomaron la cabeza del otro lado.

—¡Eh, yacarés! —gritó el oficial.

—¡Qué hay! —respondieron los yacarés.

—¿Otra vez el dique?

—¡Sí, otra vez!

—¡Saquen ese dique!

—¡Nunca!

—¿No lo sacan?

—¡No!

—Bueno; entonces, oigan —dijo el oficial—. Vamos a deshacer este dique, y para que no quieran hacer otro, los vamos a deshacer después a ustedes, a cañonazos. No va a quedar ni uno solo vivo, ni grandes, ni chicos, ni gordos, ni flacos, ni jóvenes, ni viejos, como ese viejísimo yacaré que veo allí, y que no tiene sino dos dientes en los costados de la boca.

El viejó y sabio yacaré, al ver que el oficial hablaba de él y se burlaba, le dijo:

—Es cierto que no me quedan sino pocos dientes, y algunos rotos. ¿Pero usted sabe qué van a comer mañana estos dientes? —añadió, abriendo su inmensa boca.

—¿Qué van a comer, a ver? —respondieron los marineros.

—A ese oficialito —dijo el yacaré y se bajó rápidamente de su tronco.

Entretanto, el surubí había colocado su torpedo bien en medio del dique, ordenando a cuatro yacarés que lo agarraran con cuidado y lo hundieran en el agua hasta que él les avisara. Así lo hicieron. Enseguida, los demás yacarés se hundieron a su vez cerca de la orilla, dejando únicamente la nariz y los ojos fuera del agua. El surubí se hundió al lado de su torpedo.

De repente el buque de guerra se llenó de humo y lanzó el primer cañonazo contra el dique. La granada reventó justo en el centro del dique, e hizo volar en mil pedazos diez o doce troncos.

Pero el surubí estaba alerta, y apenas quedó abierto el agujero en el dique, gritó a los yacarés que estaban bajo el agua sujetando el torpedo:

—¡Suelten el torpedo, ligero, suelten!

Los yacarés soltaron, y el torpedo vino a flor de agua.

En menos del tiempo que se necesita para contarlo, el surubí colocó el torpedo bien en el centro del boquete abierto, apuntando con un solo ojo, y poniendo en movimiento el mecanismo del torpedo, lo lanzó contra el buque.

¡Ya era tiempo! En ese instante el acorazado lanzaba su segundo cañonazo y la granada iba a reventar entre los palos, haciendo saltar en astillas otro pedazo del dique.

Pero el torpedo llegaba ya al buque, y los hombres que estaban en él lo vieron: es decir, vieron el remolino que hace en el agua un torpedo. Dieron todos un gran grito de miedo y quisieron mover el acorazado para que el torpedo no lo tocara.

Pero era tarde; el torpedo llegó, chocó con el inmenso buque bien en el centro, y reventó.

No es posible darse cuenta del terrible ruido con que reventó el torpedo. Reventó y partió el buque en quince mil pedazos, lanzó por el aire, a cuadras y cuadras de distancia, chimeneas, máquinas, cañones, lanchas, todo.

Los yacarés dieron un grito de triunfo y corrieron como locos al dique. Desde allí vieron pasar por el agujero abierto por la granada a los hombres muertos, heridos y algunos vivos que la corriente del río arrastraba.

Se treparon amontonados en los dos troncos que quedaban a ambos lados del boquete, y cuando los hombres pasaban por allí, se burlaban tapándose la boca con las patas.

No quisieron comer a ningún hombre, aunque bien lo merecían. Solo cuando pasó uno que tenía galones de oro en el traje y que estaba vivo, el viejo yacaré se lanzó de un salto al agua, y ¡tac!, en dos golpes de boca se lo comió.

—¿Quién es ese? —preguntó un yacarecito ignorante.

—Es el oficial —le respondió el surubí—. Mi viejo amigo le había prometido que lo iba a comer, y se lo ha comido.

Los yacarés sacaron el resto del dique, que para nada servía ya, puesto que ningún buque volvería a pasar por allí. El surubí, que se había enamorado del cinturón y los cordones del oficial, pidió que se los regalaran, y tuvo que sacárselos de entre los dientes al viejo yacaré, pues habían quedado enredados allí. El surubí se puso el cinturón, abrochándolo por bajo las aletas, y del extremo de sus grandes bigotes, prendió los cordones de la espada. Como la piel del surubí es muy bonita, y las manchas oscuras que tiene se parecen a las de una víbora, el surubí nadó una hora pasando y repasando ante los yacarés, que lo admiraban con la boca abierta.

Los yacarés lo acompañaron luego hasta su gruta, y le dieron las gracias infinidad de veces. Volvieron después a su paraje. Los peces volvieron también, los yacarés vivieron y viven todavía muy felices, porque se han acostumbrado al fin a ver pasar vapores y buques que llevan naranjas.

Pero no quieren saber nada de buques de guerra.

LA GAMA CIEGA

Había una vez un venado —una gama— que tuvo dos hijos me-
llizos, cosa rara entre los venados. Un gato montés se comió a uno
de ellos, y quedó solo la hembra. Las otras gamas, que la querían
mucho, le hacían siempre cosquillas en los costados.

Su madre le hacía repetir todas las mañanas, al rayar el día, la
oración de los venados. Y dice así:

I

*Hay que oler bien primero las hojas antes de comerlas, porque algunas
son venenosas.*

II

*Hay que mirar bien el río y quedarse quieto antes de bajar a beber
para estar seguro de que no hay yacarés.*

III

*Cada media hora hay que levantar bien alta la cabeza y oler el viento,
para sentir el olor del tigre.*

IV

Cuando se come pasto del suelo, hay que mirar siempre antes los yuyos para ver si hay víboras.

Este es el padrenuestro de los venados chicos. Cuando la gamita lo hubo aprendido bien, su madre la dejó andar sola.

Una tarde, sin embargo, mientras la gamita recorría el monte comiendo las hojitas tiernas, vio de pronto ante ella, en el hueco de un árbol que estaba podrido, muchas bolitas juntas que colgaban. Tenían un color oscuro, como el de las pizarras.

¿Qué sería? Ella tenía también un poco de miedo, pero como era muy traviesa, dio un cabezazo a aquellas cosas, y disparó.

Vio entonces que las bolitas se habían rajado, y que caían gotas. Habían salido también muchas mosquitas rubias de cintura muy fina, que caminaban apuradas por encima.

La gama se acercó, y las mosquitas no la picaron. Despacito, entonces, muy despacito, probó una gota con la punta de la lengua, y se relamió con gran placer: aquellas gotas eran miel, y miel riquísima, porque las bolas de color pizarra eran una colmena de abejitas que no picaban porque no tenían aguijón. Hay abejas así.

En dos minutos la gamita se tomó toda la miel, y loca de contenta fue a contarle a su mamá. Pero la mamá la reprendió seriamente.

—Ten mucho cuidado, mi hija —le dijo—, con los nidos de abejas. La miel es una cosa muy rica, pero es muy peligroso ir a sacarla. Nunca te metas con los nidos que veas.

La gamita gritó contenta:

—¡Pero no pican, mamá! Los tábanos y las uras sí pican; las abejas, no.

—Estás equivocada, mi hija —continuó la madre—. Hoy has tenido suerte, nada más. Hay abejas y avispas muy malas. Cuidado, mi hija, porque me vas a dar un gran disgusto.

—¡Sí, mamá! ¡Sí, mamá! —respondió la gamita. Pero lo primero que hizo a la mañana siguiente, fue seguir los senderos que habían abierto los hombres en el monte, para ver con más facilidad los nidos de abejas.

Hasta que al fin halló uno. Esta vez el nido tenía abejas oscuras, con una fajita amarilla en la cintura, que caminaban por encima del nido. El nido también era distinto; pero la gamita pensó que, puesto que estas abejas eran más grandes, la miel debía ser más rica.

Se acordó asimismo de la recomendación de su mamá; mas creyó que su mamá exageraba, como exageran siempre las madres de las gamitas. Entonces le dio un gran cabezazo al nido.

¡Ojalá nunca lo hubiera hecho! Salieron enseguida cientos de avispas, miles de avispas que la picaron en todo el cuerpo, le llenaron todo el cuerpo de picaduras, en la cabeza, en la barriga, en la cola; y lo que es mucho peor, en los mismos ojos. La picaron más de diez en los ojos.

La gamita, loca de dolor, corrió y corrió gritando, hasta que de repente tuvo que pararse porque no veía más: estaba ciega, ciega del todo.

Los ojos se le habían hinchado enormemente, y no veía más. Se quedó quieta entonces, temblando de dolor y de miedo, y solo podía llorar desesperadamente.

—¡Mamá!... ¡Mamá!...

Su madre, que había salido a buscarla, porque tardaba mucho, la halló al fin, y se desesperó también con su gamita, que estaba ciega. La llevó paso a paso hasta su cubil, con la cabeza de su hija recostada en su pescuezo, y los bichos del monte que encontraban en el camino se acercaban todos a mirar los ojos de la infeliz gamita.

La madre no sabía qué hacer. ¿Qué remedios podía hacerle ella? Ella sabía bien que en el pueblo que estaba del otro lado del monte vivía un hombre que tenía remedios. El hombre era cazador, y cazaba también venados, pero era un hombre bueno.

La madre tenía miedo, sin embargo, de llevar a su hija a un hombre que cazaba gamas. Como estaba desesperada se decidió a hacerlo. Pero antes quiso ir a pedir una carta de recomendación al oso hormiguero, que era gran amigo del hombre.

Salió, pues, después de dejar a la gamita bien oculta, y atravesó corriendo el monte, donde el tigre casi la alcanza. Cuando llegó a la guarida de su amigo, no podía dar un paso más de cansancio.

Este amigo era, como se ha dicho, un oso hormiguero; pero era de una especie pequeña, cuyos individuos tienen un color amarillo, y por encima del color amarillo una especie de camiseta negra sujeta por dos cintas que pasan por encima de los hombros. Tienen también la cola prensil, porque viven siempre en los árboles, y se cuelgan de la cola.

¿De dónde provenía la amistad estrecha entre el oso hormiguero y el cazador? Nadie lo sabía en el monte; pero alguna vez ha de llegar el motivo a nuestros oídos.

La pobre madre, pues, llegó hasta el cubil del oso hormiguero.

—¡Tan!, ¡tan!, ¡tan! —llamó jadeante.

—¿Quién es? —respondió el oso hormiguero.

—¡Soy yo, la gama!

—¡Ah, bueno! ¿Qué quiere la gama?

—Vengo a pedirle una tarjeta de recomendación para el cazador. La gamita, mi hija, está ciega.

—Ah, ¿la gamita? —le respondió el oso hormiguero—. Es una buena persona. Si es por ella, sí le doy lo que quiere. Pero no necesita nada escrito... Muéstrele esto, y la atenderá.

Y con el extremo de la cola, el oso hormiguero le extendió a la gama una cabeza seca de víbora, completamente seca, que tenía aún los colmillos venenosos.

—Muéstrele esto —dijo aún el comedor de hormigas—. No se precisa más.

—¡Gracias, oso hormiguero! —respondió contenta la gama—. Usted también es una buena persona.

Y salió corriendo, porque era muy tarde y pronto iba a amanecer.

Al pasar por su cubil recogió a su hija, que se quejaba siempre, y juntas llegaron por fin al pueblo, donde tuvieron que caminar muy despacito y arrimarse a las paredes, para que los perros no las sintieran. Ya estaban ante la puerta del cazador.

—¡Tan!, ¡tan!, ¡tan! —golpearon.

—¿Qué hay? —respondió una voz de hombre, desde adentro.

—¡Somos las gamas!... ¡tenemos la cabeza de víbora!

La madre se apuró a decir esto, para que el hombre supiera que ellas eran amigas del oso hormiguero.

—¡Ah, ah! —dijo el hombre, abriendo la puerta—. ¿Qué pasa?

—Venimos para que cure a mi hija, la gamita, que está ciega.

Y contó al cazador toda la historia de las abejas.

—¡Hum!... Vamos a ver qué tiene esta señorita —dijo el cazador. Y volviendo a entrar en la casa, salió de nuevo con una sillita alta, e hizo sentar en ella a la gamita para poderle ver bien los ojos sin agacharse mucho. Le examinó así los ojos, bien de cerca, con un vidrio redondo muy grande, mientras la mamá alumbraba con el farol de viento colgado de su cuello.

—Esto no es gran cosa —dijo por fin el cazador, ayudando a bajar a la gamita—. Pero hay que tener mucha paciencia. Póngale esta pomada en los ojos todas las noches, y téngale veinte días en la oscuridad. Después póngale estos lentes amarillos, y se curará.

—¡Muchas gracias, cazador! —respondió la madre, muy contenta y agradecida—. ¿Cuánto le debo?

—No es nada —respondió sonriendo el cazador—. Pero tenga mucho cuidado con los perros, porque en la otra cuadra vive precisamente un hombre que tiene perros para seguir el rastro de los venados.

Las gamas tuvieron gran miedo; apenas pisaban, y se detenían a cada momento. Y con todo, los perros las olfatearon y las corrieron media legua dentro del monte. Corrían por una picada muy ancha, y delante la gamita iba balando.

Tal como lo dijo el cazador se efectuó la curación. Pero solo la gama supo cuánto le costó tener encerrada a la gamita en el hueco de un gran árbol, durante veinte días interminables. Adentro no se veía nada. Por fin, una mañana la madre apartó con la cabeza el gran montón de ramas que había arrimado al hueco del árbol para que no entrara luz, y la gamita, con sus lentes amarillos, salió corriendo y gritando:

—¡Veo, mamá! ¡Ya veo todo!

Y la gama, recostando la cabeza en una rama, lloraba también de alegría, al ver curada a su gamita.

Y se curó del todo. Pero aunque curada, sana y contenta, la gamita tenía un secreto que la entristecía. Y el secreto era este: ella quería a toda costa pagarle al hombre que tan bueno había sido con ella y no sabía cómo.

Hasta que un día creyó haber encontrado el medio. Se puso a recorrer la orilla de las lagunas y bañados, buscando plumas de garza para llevarle al cazador. El cazador, por su parte, se acordaba a veces de aquella gamita ciega que él había curado.

Y una noche de lluvia estaba el hombre leyendo en su cuarto muy contento porque acababa de componer el techo de paja, que ahora no se llovía más; estaba leyendo cuando oyó que llamaban. Abrió la puerta, y vio a la gamita que le traía un atadito, un plumerito todo mojado de plumas de garza.

El cazador se puso a reír, y la gamita, avergonzada porque creía que el cazador se reía de su pobre regalo, se fue muy triste. Buscó entonces plumas muy grandes, bien secas y limpias, y una semana después volvió con ellas; y esta vez el hombre, que se había reído la vez anterior de cariño, no se rió esta vez porque la gamita no comprendía la risa. Pero en cambio le regaló un tubo de tacuara lleno de miel, que la gamita tomó loca de contenta.

Desde entonces la gamita y el cazador fueron grandes amigos. Ella se empeñaba siempre en llevarle plumas de garza que valen mucho dinero, y se quedaba las horas charlando con el hombre. Él ponía siempre en la mesa un jarro enlozado lleno de miel, y arrimaba la sillita alta para su amiga. A veces le daba también cigarros que las gamas comen con gran gusto, y no les hacen mal. Pasaban así el tiempo, mirando la llama, porque el hombre tenía una estufa de leña mientras afuera el viento y la lluvia sacudían el alero de paja del rancho.

Por temor a los perros, la gamita no iba sino en las noches de tormenta. Y cuando caía la tarde y empezaba a llover, el cazador colocaba en la mesa el jarrito con miel y la servilleta, mientras él tomaba café y leía, esperando en la puerta el ¡tan-tan!, bien conocido de su amiga la gamita.

Historia de dos cachorros de coatí y dos cachorros de hombre

❀

Había una vez un coatí que tenía tres hijos. Vivían en el monte comiendo frutas, raíces y huevos de pajaritos. Cuando estaban arriba de los árboles y sentían un gran ruido, se tiraban al suelo de cabeza y salían corriendo con la cola levantada.

Una vez que los coaticitos fueron un poco grandes, su madre los reunió un día arriba de un naranjo y les habló así:

—Coaticitos: ustedes son bastante grandes para buscarse la comida solos. Deben aprenderlo, porque cuando sean viejos andarán siempre solos, como todos los coatíes. El mayor de ustedes, que es muy amigo de cazar cascarudos, puede encontrarlos entre los palos podridos, porque allí hay muchos cascarudos y cucarachas. El segundo, que es gran comedor de frutas, puede encontrarlas en este naranjal; hasta diciembre habrá naranjas. El tercero, que no quiere comer sino huevos de pájaros, puede ir a todas partes, porque en todas partes hay nidos de pájaros. Pero que no vaya nunca a buscar nidos al campo, porque es peligroso.

"Coaticitos: hay una sola cosa a la cual deben tener gran miedo. Son los perros. Yo peleé una vez con ellos, y sé lo que les digo; por eso tengo un diente roto. Detrás de los perros vienen siempre los hombres con un gran ruido, que mata. Cuando oigan cerca este ruido, tírense de cabeza al suelo, por alto que sea el árbol. Si no lo hacen así los matarán con seguridad de un tiro".

Así habló la madre. Todos se bajaron entonces y se separaron, caminando de derecha a izquierda y de izquierda a derecha, como si hubieran perdido algo, porque así caminan los coatíes.

El mayor, que quería comer cascarudos, buscó entre los palos podridos y las hojas de los yuyos, y encontró tantos, que comió hasta quedarse dormido. El segundo, que prefería las frutas a cualquier cosa, comió cuantas naranjas quiso, porque aquel naranjal estaba dentro del monte, como pasa en el Paraguay y Misiones, y ningún hombre vino a incomodarlo. El tercero, que era loco por los huevos de pájaros, tuvo que andar todo el día para encontrar únicamente dos nidos; uno de tucán, que tenía tres huevos, y uno de tórtolas, que tenía solo dos. Total, cinco huevos chiquitos, que era muy poca comida; de modo que al caer la tarde el coaticito tenía tanta hambre como de mañana, y se sentó muy triste a la orilla del monte. Desde allí veía el campo, y pensó en la recomendación de su madre.

"¿Por qué no querrá mamá", se dijo, "que vaya a buscar nidos en el campo?"

Estaba pensando así cuando oyó, muy lejos, el canto de un pájaro.

—¡Qué canto tan fuerte! —dijo admirado—. ¡Qué huevos tan grandes debe tener ese pájaro!

El canto se repitió. Y entonces el coatí se puso a correr por entre el monte, cortando camino, porque el canto había sonado muy a su derecha. El sol caía ya, pero el coatí volaba con la cola levantada. Llegó a la orilla del monte, por fin, y miró al campo. Lejos vio la casa de los hombres, y vio a un hombre con botas que llevaba un caballo de la soga. Vio también un pájaro muy grande que cantaba y entonces el coaticito se golpeó la frente y dijo:

—¡Qué zonzo soy! Ahora ya sé qué pájaro es ese. Es un gallo; mamá me lo mostró un día de arriba de un árbol. Los gallos tienen un canto lindísimo, y tienen muchas gallinas que ponen huevos. ¡Si yo pudiera comer huevos de gallina!...

Es sabido que nada gusta tanto a los bichos chicos de monte como los huevos de gallina. Durante un rato el coaticito se acordó de la recomendación de su madre. Pero el deseo pudo más, y se sentó a la orilla del monte, esperando que cerrara bien la noche para ir al gallinero.

La noche cerró por fin, y entonces, en puntas de pie y paso a paso, se encaminó a la casa. Llegó allá y escuchó atentamente: no se sentía el menor ruido. El coaticito, loco de alegría porque iba a comer cien, mil, dos mil huevos de gallina, entró en el gallinero, y lo primero que vio bien en la entrada fue un huevo que estaba solo en el suelo. Pensó un instante en dejarlo para el final, como postre, porque era un huevo muy grande; pero la boca se le hizo agua, y clavó los dientes en el huevo.

Apenas lo mordió, ¡trac!, un terrible golpe en la cara y un inmenso dolor en el hocico.

—¡Mamá, mamá! —gritó, loco de dolor, saltando a todos lados. Pero estaba sujeto, y en ese momento oyó el ronco ladrido de un perro.

Mientras el coatí esperaba en la orilla del monte que cerrara bien la noche para ir al gallinero, el hombre de la casa jugaba sobre la gramilla con sus hijos, dos criaturas rubias de cinco y seis años que corrían riendo, se caían, se levantaban riendo otra vez, y volvían a caerse. El padre se caía también con gran alegría de los chicos. Dejaron por fin de jugar porque ya era de noche, y el hombre dijo entonces:

—Voy a poner la trampa para cazar a la comadreja que viene a matar los pollos y robar los huevos.

Y fue y armó la trampa. Después comieron y se acostaron. Pero las criaturas no tenían sueño, y saltaban de la cama del uno a la del otro y se enredaban en el camisón. El padre, que leía en el comedor, los dejaba hacer. Pero los chicos de repente se detuvieron en sus saltos y gritaron:

—¡Papá! ¡Ha caído la comadreja en la trampa! ¡Duke está ladrando! ¡Nosotros también queremos ir, papá!

El padre consintió, pero no sin que las criaturas se pusieran las sandalias, pues nunca los dejaba andar descalzos de noche, por temor a las víboras.

Fueron. ¿Qué vieron allí? Vieron a su padre que se agachaba, teniendo al perro con una mano, mientras con la otra levantaba por la cola a un coatí, un coaticito chico aún, que gritaba con un chillido rapidísimo y estridente, como un grillo.

—¡Papá, no lo mates! —dijeron las criaturas—. ¡Es muy chiquito! ¡Dánoslo para nosotros!

—Bueno, se los voy a dar —respondió el padre—. Pero cuídenlo bien, y sobre todo no se olviden de que los coatíes toman agua como ustedes.

Esto lo decía porque los chicos habían tenido una vez un gatito montés al cual a cada rato le llevaban carne, que sacaban de la fiambrera; pero nunca le dieron agua, y se murió.

En consecuencia, pusieron al coatí en la misma jaula del gato montés, que estaba cerca del gallinero, y se acostaron todos otra vez.

Y cuando era más de medianoche y había un gran silencio, el coaticito, que sufría mucho por los dientes de la trampa, vio, a la luz de la luna, tres sombras que se acercaban con gran sigilo. El corazón le dio un vuelco al pobre coaticito al reconocer a su madre y sus dos hermanos que lo estaban buscando.

—¡Mamá, mamá! —murmuró el prisionero en voz muy baja para no hacer ruido—. ¡Estoy aquí! ¡Sáquenme de aquí! ¡No quiero quedarme, ma... má…! —y lloraba desconsolado.

Pero a pesar de todo estaban contentos porque se habían encontrado, y se hacían mil caricias en el hocico.

Se trató enseguida de hacer salir al prisionero. Probaron primero cortar el alambre tejido, y los cuatro se pusieron a trabajar con los dientes; mas no conseguían nada. Entonces a la madre se le ocurrió de repente una idea, y dijo:

—¡Vamos a buscar las herramientas del hombre! Los hombres tienen herramientas para cortar fierro. Se llaman limas. Tienen tres lados como las víboras de cascabel. Se empuja y se retira. ¡Vamos a buscarla!

Fueron al taller del hombre y volvieron con la lima. Creyendo que uno solo no tendría fuerzas bastantes, sujetaron la lima entre los tres y empezaron el trabajo. Y se entusiasmaron tanto, que al rato la jaula entera temblaba con las sacudidas y hacía un terrible ruido. Tal ruido hacía, que el perro se despertó, lanzando un ronco ladrido. Mas los coatíes no esperaron a que el perro les pidiera cuenta de ese escándalo y dispararon al monte, dejando la lima tirada.

Al día siguiente, los chicos fueron temprano a ver a su nuevo huésped, que estaba muy triste.

—¿Qué nombre le pondremos? —preguntó la nena a su hermano.

—¡Ya sé! —respondió el varoncito—. ¡Le pondremos "Diecisiete"!

¿Por qué Diecisiete? Nunca hubo bicho del monte con nombre más raro. Pero el varoncito estaba aprendiendo a contar, y tal vez le había llamado la atención aquel número.

El caso es que se llamó Diecisiete. Le dieron pan, uvas, chocolate, carne, langostas y riquísimos huevos de gallina. Lograron que en un solo día se dejara rascar la cabeza; y tan grande es la sinceridad del cariño de las criaturas, que al llegar la noche el coatí estaba casi resignado con su cautiverio. Pensaba a cada momento en las cosas ricas que había para comer allí, y pensaba en aquellos rubios cachorritos de hombre que tan alegres y buenos eran.

Durante dos noches seguidas, el perro durmió tan cerca de la jaula, que la familia del prisionero no se atrevió a acercarse, con gran sentimiento. Cuando a la tercera noche llegaron de nuevo a buscar la lima para dar libertad al coaticito, este les dijo:

—Mamá: yo no quiero irme más de aquí, me dan huevos y son muy buenos conmigo. Hoy me dijeron que si me portaba bien me iban a dejar suelto muy pronto. Son como nosotros. Son cachorritos también, y jugamos juntos.

Los coatíes salvajes quedaron muy tristes, pero se resignaron, prometiendo al coaticito venir todas las noches a visitarlo.

Efectivamente, todas las noches, lloviera o no, su madre y sus hermanos iban a pasar un rato con él. El coaticito les daba pan por entre el tejido de alambre, y los coatíes salvajes se sentaban a comer frente a la jaula.

Al cabo de quince días, el coaticito andaba suelto y él mismo se iba de noche a su jaula. Salvo algunos tirones de orejas que se llevaba por andar muy cerca del gallinero, todo marchaba bien. Él y las criaturas se querían mucho, y los mismos coatíes salvajes, al ver lo buenos que eran aquellos cachorritos de hombre, habían concluido por tomar cariño a las dos criaturas.

Hasta que una noche muy oscura, en que hacía mucho calor y tronaba, los coatíes salvajes llamaron al coaticito y nadie les respondió. Se acercaron muy inquietos y vieron entonces, en el momento en que casi la pisaban, una enorme víbora que estaba enroscada a la entrada de la jaula. Los coatíes comprendieron enseguida que el coaticito había sido mordido al entrar, y no había respondido a su llamado porque acaso estaba ya muerto. Pero lo iban a vengar bien. En un segundo, entre los tres, enloquecieron a la serpiente de cascabel, saltando de aquí para allá, y en otro segundo, cayeron sobre ella, deshaciéndole la cabeza a mordiscos.

Corrieron entonces adentro, y allí estaba en efecto el coaticito, tendido, hinchado, con las patas temblando y muriéndose. En balde los coatíes salvajes lo movieron; lo lamieron en balde por todo el cuerpo durante un cuarto de hora. El coaticito abrió por fin la boca y dejó de respirar, porque estaba muerto.

Los coatíes son casi refractarios, como se dice, al veneno de las víboras. No les hace casi nada el veneno, y hay otros animales, como la mangosta, que resisten muy bien el veneno de las víboras. Con toda seguridad el coaticito había sido mordido en una arteria o una vena, porque entonces la sangre se envenena enseguida, y el animal muere. Esto le había pasado al coaticito.

Al verlo así, su madre y sus hermanos lloraron un largo rato.

Después, como nada más tenían que hacer allí, salieron de la jaula, se dieron vuelta para mirar por última vez la casa donde tan feliz había sido el coaticito, y se fueron otra vez al monte.

Pero los tres coatíes, sin embargo, iban muy preocupados, y su preocupación era esta: ¿qué iban a decir los chicos, cuando, al día siguiente, vieran muerto a su querido coaticito? Los chicos le querían muchísimo, y ellos, los coatíes, querían también a los cachorritos rubios. Así es que los tres coatíes tenían el mismo pensamiento, y era evitarles ese gran dolor a los chicos.

Hablaron un largo rato y al fin decidieron lo siguiente: el segundo de los coatíes, que se parecía muchísimo al menor en cuerpo y en modo de ser, iba a quedarse en la jaula, en vez del difunto. Como estaban enterados de muchos secretos de la casa, por los cuentos del coaticito, los chicos no conocerían nada; extrañarían un poco algunas cosas, pero nada más.

Y así pasó en efecto. Volvieron a la casa, y un nuevo coaticito reemplazó al primero, mientras la madre y el otro hermano se llevaban, sujeto a los dientes, el cadáver del menor. Lo llevaron despacio al monte, y la cabeza colgaba, balanceándose, y la cola iba arrastrando por el suelo.

Al día siguiente los chicos extrañaron, efectivamente, algunas costumbres raras del coaticito. Pero como este era tan bueno y cariñoso como el otro, las criaturas no tuvieron la menor sospecha. Formaron la misma familia de cachorritos de antes, y como antes, los coatíes salvajes venían noche a noche a visitar al coaticito civilizado, y se sentaban a su lado a comer pedacitos de huevos duros que él les guardaba, mientras ellos le contaban la vida de la selva.

EL PASO DEL YABEBIRÍ

En el río Yabebirí, que está en Misiones, hay muchas rayas, porque "Yabebirí" quiere decir precisamente "Río de las rayas". Hay tantas, que a veces es peligroso meter un solo pie en el agua. Yo conocí un hombre a quien le picó una raya en el talón y tuvo que caminar renqueando media legua para llegar a su casa: el hombre iba llorando y cayéndose de dolor. Es uno de los dolores más fuertes que se pueden sentir.

Como en el Yabebirí hay también muchos otros peces, algunos hombres van a cazarlos con bombas de dinamita. Tiran una bomba al río, matando a millones de peces. Todos los peces que están cerca mueren, aunque sean grandes como una casa. Y mueren también todos los chiquitos, aunque no les sirvan para nada.

Ahora bien; una vez un hombre fue a vivir allá, y no quiso que tiraran bombas de dinamita, porque tenía lástima de los pececillos. Él no se oponía a que pescaran en el río para comer; pero no quería que mataran inútilmente a millones de pececillos.

Los hombres que tiraban bombas se enojaron al principio, pero como el hombre tenía un carácter serio, aunque era muy bueno, los otros se fueron a cazar a otra parte, y todos los peces quedaron muy contentos. Tan contentos y agradecidos estaban a su amigo que había salvado a los pececillos, que lo conocían apenas se acercaba a la orilla. Y cuando él andaba por la costa fumando, las rayas lo seguían arrastrándose por el barro, muy contentas de acompañar a su amigo. Él no sabía nada y vivía feliz en aquel lugar.

Y sucedió que una tarde, un zorro llegó corriendo hasta el Yabebirí y metió las patas en el agua gritando:

—¡Eh, rayas! ¡Ligero! Allí viene el amigo de ustedes, herido.

Las rayas, que lo oyeron, corrieron ansiosas a la orilla. Y le preguntaron al zorro:

—¿Qué pasa? ¿ Dónde está el hombre?

—¡Ahí viene! —gritó el zorro de nuevo—. ¡Ha peleado con un tigre! ¡El tigre viene corriendo! ¡Seguramente va a cruzar hacia la isla! ¡Denle paso, porque es un hombre bueno!

—¡Ya lo creo! ¡Ya lo creo que le vamos a dar paso! —contestaron las rayas—. ¡Pero lo que es el tigre, ese no va a pasar!

—¡Cuidado con él! —gritó aún el zorro—. ¡No se olviden de que es el tigre!

Y pegando un brinco, el zorro entró de nuevo en el monte.

Apenas acababa de hacer esto, cuando el hombre apartó las ramas y apareció todo ensangrentado y la camisa rota. La sangre le caía por la cara y el pecho, hasta el pantalón, y desde las arrugas del pantalón, la sangre caía a la arena. Avanzó tambaleando hacia la orilla, porque estaba muy herido, y entró en el río. Pero apenas puso un pie en el agua, las rayas que estaban amontonadas se apartaron de su paso, y el hombre llegó con el agua al pecho hasta la isla, sin que una raya lo picara. Y conforme llegó, cayó desmayado en la misma arena, por la gran cantidad de sangre que había perdido.

Las rayas no habían aún tenido tiempo de compadecer del todo a su amigo moribundo, cuando un terrible rugido les hizo dar un brinco en el agua.

—¡El tigre! ¡El tigre! —gritaron todas, lanzándose como una flecha a la orilla.

En efecto, el tigre que había peleado con el hombre y que lo venía persiguiendo, había llegado a la costa del Yabebirí. El animal estaba también muy herido, y la sangre le corría por todo el cuerpo. Vio al hombre caído como muerto en la isla, y lanzando un rugido de rabia, se echó al agua para acabar de matarlo.

Pero apenas hubo metido una pata en el agua, sintió como si le hubieran clavado ocho o diez terribles clavos en las patas, y dio un salto atrás: eran las rayas, que defendían el paso del río y le habían clavado con toda su fuerza el aguijón de la cola.

El tigre quedó roncando de dolor con la pata en el aire; y al ver toda el agua de la orilla turbia como si removieran el barro del fondo, comprendió que eran las rayas que no lo querían dejar pasar. Y entonces gritó enfurecido:

—¡Ah, ya sé lo que es! ¡Son ustedes, malditas rayas! ¡Salgan del camino!

—¡No salimos! —respondieron las rayas.

—¡Salgan!

—¡No salimos! ¡Él es un hombre bueno! ¡No hay derecho para matarlo!

—¡Él me ha herido a mí!

—¡Los dos se han herido! ¡Esos son asuntos de ustedes en el monte! ¡Aquí está bajo nuestra protección!... ¡No se pasa!

—¡Paso! —rugió por última vez el tigre.

—*¡Ni nunca!* —respondieron las rayas.

(Ellas dijeron "ni nunca" porque así dicen los que hablan guaraní, como en Misiones.)

—¡Vamos a ver! —bramó aún el tigre y retrocedió para tomar impulso y dar un enorme salto.

El tigre sabía que las rayas están casi siempre en la orilla; y pensaba que si lograba dar un salto muy grande acaso no hallara más rayas en medio del río, y podría así comer al hombre moribundo.

Pero las rayas lo habían adivinado y corrieron todas al medio del río, pasándose la voz:

—¡Fuera de la orilla! —gritaban bajo el agua—. ¡Adentro! ¡A la canal! ¡A la canal!

Y en un segundo, el ejército de rayas se precipitó río adentro, a defender el paso, al tiempo que el tigre daba su enorme salto y caía en medio del agua. Cayó loco de alegría, porque en el primer momento no sintió ninguna picadura, y creyó que las rayas habían quedado todas en la orilla, engañadas.

Pero apenas dio un paso, una verdadera lluvia de aguijonazos, como puñaladas de dolor, lo detuvieron en seco: eran otra vez las rayas, que le acribillaban las patas a picaduras.

El tigre quiso continuar, sin embargo, el dolor era tan atroz, que lanzó un alarido y retrocedió corriendo como loco a la orilla. Y se echó en la arena de costado, porque no podía más de sufrimiento; y la barriga subía y bajaba como si estuviera cansadísimo.

Lo que pasaba es que el tigre estaba envenenado con el veneno de las rayas.

Pero aunque habían vencido al tigre, las rayas no estaban tranquilas, porque tenían miedo de que viniera la tigra y otros tigres, y otros muchos más... y ellas no podrían defender más el paso.

En efecto, el monte bramó de nuevo, y apareció la tigra, que se puso loca de furor al ver al tigre tirado de costado en la arena. Ella vio también el agua turbia por el movimiento de las rayas, y se acercó al río. Y tocando casi el agua con la cola, gritó:

—¡Rayas! ¡Quiero paso!

—¡No hay paso! —respondieron las rayas.

—¡No va a quedar una sola raya con cola, si no dan paso! —rugió la tigra.

—¡Aunque quedemos sin cola, no se pasa! —respondieron ellas.

—¡Por última vez, paso!

—¡Ni nunca! —gritaron las rayas.

La tigra, enfurecida, había metido sin querer una pata en el agua, y una raya, acercándose despacio, acababa de clavarle todo el aguijón entre los dedos. Al bramido de dolor del animal, las rayas respondieron sonriéndose:

—¡Parece que todavía tenemos cola!

Pero la tigra había tenido una idea, y con esa idea entre las cejas, se alejaba de allí, costeando el río aguas arriba y sin decir una palabra.

Mas las rayas comprendieron también esta vez cuál era el plan de su enemigo. El plan de su enemigo era este: pasar el río por otra parte, donde las rayas no sabían que había que defender el paso. Y una inmensa ansiedad se apoderó entonces de las rayas.

—¡Va a pasar el río aguas más arriba! —gritaron—. ¡No queremos que mate al hombre! ¡Tenemos que defender a nuestro amigo!

Y se revolvían desesperadas entre el barro hasta enturbiar el río.

—¡Pero qué hacemos! —decían—. Nosotras no sabemos nadar ligero... ¡La tigra va a pasar antes que las rayas de allá sepan que hay que defender el paso a toda costa!

Y no sabían qué hacer. Hasta que una rayita muy inteligente, dijo de pronto:

—¡Ya está! ¡Que vayan los dorados! ¡Los dorados son amigos nuestros! ¡Ellos nadan más ligero que nadie!

—¡Eso es! —gritaron todas—. ¡Que vayan los dorados!

Y en un instante la voz pasó y en otro instante se vieron ocho o diez filas de dorados, un verdadero ejército de dorados que nadaban a toda velocidad aguas arriba, y que iban dejando surcos en el agua como los torpedos.

A pesar de todo, apenas tuvieron tiempo de dar la orden de cerrar el paso a los tigres; la tigra ya había nadado y estaba por llegar a la isla.

Pero las rayas habían corrido ya a la otra orilla, y en cuanto la tigra hizo pie, las rayas se abalanzaron contra sus patas, deshaciéndoselas a aguijonazos. El animal, enfurecido y loco de dolor, bramaba, saltaba en el agua, hacía volar nubes de agua a montones. Pero las rayas continuaban precipitándose contra sus patas, cerrándole el paso de tal modo, que la tigra dio vuelta, nadó de nuevo y fue a echarse a su vez a la orilla con las cuatro patas monstruosamente hinchadas; por allí tampoco se podía ir a comer al hombre.

Mas las rayas estaban también muy cansadas. Y lo que es peor, el tigre y la tigra habían acabado por levantarse y entraban en el monte.

¿Qué iban a hacer? Esto tenía muy inquietas a las rayas, y tuvieron una larga conferencia. Al fin dijeron:

—¡Ya sabemos lo que es! Van a ir a buscar a los otros tigres y van a venir todos. ¡Van a venir todos los tigres y van a pasar!

—¡Ni nunca! —gritaron las rayas más jóvenes y que no tenían tanta experiencia.

—¡Sí, pasarán, compañeritas! —respondieron tristemente las más viejas—. Si son muchos, acabarán por pasar. Vamos a consultar a nuestro amigo.

Y fueron todas a ver al hombre, pues no habían tenido tiempo aún de hacerlo, por defender el paso del río.

El hombre estaba siempre tendido, porque había perdido mucha sangre, pero podía hablar y moverse un poquito. En un instante las rayas le contaron lo que había pasado, y cómo habían defendido el paso a los tigres que lo querían comer. El hombre herido se enterneció mucho con la amistad de las rayas que le habían salvado la vida, y dio la mano con verdadero cariño a las rayas que estaban más cerca de él. Y dijo entonces:

—¡No hay remedio! Si los tigres son muchos, y quieren pasar, pasarán...

—¡No pasarán! —dijeron las rayas chicas—. ¡Usted es nuestro amigo y no van a pasar!

—¡Sí, pasarán, compañeritas! —dijo el hombre y añadió hablando en voz baja:

—El único modo sería mandar a alguien a casa a buscar el Winchester con muchas balas... pero yo no tengo ningún amigo en el río, fuera de los pescados... y ninguno de ustedes sabe andar por la tierra.

—¿Qué hacemos entonces? —dijeron las rayas ansiosas.

—A ver, a ver... —dijo entonces el hombre, pasándose la mano por la frente, como si recordara algo—. Yo tuve un amigo... un carpinchito que se crió en casa y que jugaba con mis hijos... Un día volvió otra vez al monte y creo que vivía aquí, en el Yabebirí... pero no sé dónde estará...

Las rayas dieron entonces un grito de alegría:

—¡Ya sabemos! ¡Nosotros lo conocemos! ¡Tiene su guarida en la punta de la isla! ¡Él nos habló una vez de usted! ¡Lo vamos a mandar buscar enseguida!

Y dicho y hecho: un pez dorado muy grande voló río abajo a buscar al carpinchito; mientras el hombre disolvía una gota de sangre seca en la palma de la mano, para hacer tinta, y con una espina de pescado, que era la pluma, escribió en una hoja seca, que era el papel. Y escribió esta carta: "Mándenme con el carpinchito el rifle Winchester y una caja entera de 25 balas".

Apenas acabó el hombre de escribir, el monte entero tembló con un sordo rugido: eran todos los tigres que se acercaban a entablar la lucha. Las rayas llevaban la carta con la cabeza afuera del agua para que no se mojara, y se la dieron al carpinchito, el cual salió corriendo por entre el pajonal a llevarla a la casa del hombre.

Y ya era tiempo, porque los rugidos, aunque lejanos aún, se acercaban velozmente. Las rayas reunieron entonces a los dorados que estaban esperando órdenes, y les gritaron:

—¡Ligero, compañeros! ¡Recorran todo el río y den la voz de alarma! ¡Que todas las rayas estén prontas en todo el río! ¡Que se encuentren todas alrededor de la isla! ¡Veremos si van a pasar!

Y el ejército de dorados voló enseguida, río arriba y río abajo, haciendo rayas en el agua con la velocidad que llevaban.

No quedó raya en todo el Yebebirí que no recibiera orden de concentrarse en las orillas del río, alrededor de la isla. De todas partes, de entre las piedras, de entre el barro, de la boca de los arroyitos, de todo el Yabebirí entero, las rayas acudían a defender el paso contra los tigres. Y por delante de la isla, los dorados cruzaban y recruzaban a toda velocidad.

Ya era tiempo, otra vez; un inmenso rugido hizo temblar el agua misma de la orilla, y los tigres desembocaron en la costa.

Eran muchos; parecía que todos los tigres de Misiones estuvieran allí. Pero el Yabebirí entero hervía también de rayas, que se lanzaron a la orilla, dispuestas a defender a todo trance el paso.

—¡Paso a los tigres!

—¡No hay paso! —respondieron las rayas.

—¡Paso, de nuevo!

—¡No se pasa!

—¡No va a quedar raya, ni hijo de raya, ni nieto de raya, si no dan paso!

—¡Es posible! —respondieron las rayas—. ¡Pero ni los tigres, ni los hijos de tigres, ni los nietos de tigres, ni todos los tigres del mundo van a pasar por aquí!

Así respondieron las rayas. Entonces los tigres rugieron por última vez:

—¡Paso pedimos!

—¡Ni nunca!

Y la batalla comenzó entonces. Con un enorme salto los tigres se lanzaron al agua. Y cayeron todos sobre un verdadero piso de rayas. Las rayas les acribillaron las patas a aguijonazos, y a cada herida los tigres lanzaban un rugido de dolor. Pero ellos se defendían a zarpazos, manoteando como locos en el agua. Y las rayas volaban por el aire con el vientre abierto por las uñas de los tigres.

El Yabebirí parecía un río de sangre. Las rayas morían a centenares... pero los tigres recibían también terribles heridas, y se retiraban a tenderse y bramar en la playa, horriblemente hinchados. Las rayas, pisoteadas, deshechas por las patas de los tigres, no desistían; acudían sin cesar a defender el paso. Algunas volaban por el aire, volvían a caer al río y se precipitaban de nuevo contra los tigres.

Media hora duró esta lucha terrible. Al cabo de esa media hora, todos los tigres estaban otra vez en la playa, sentados de fatiga y rugiendo de dolor; ni uno solo había pasado.

Pero las rayas estaban también deshechas de cansancio. Muchas, muchísimas habían muerto y las que quedaban vivas dijeron:

—No podremos resistir dos ataques como este.

—¡Que los dorados vayan a buscar refuerzos! ¡Que vengan enseguida todas las rayas que haya en el Yabebirí!

Y los dorados volaron otra vez río arriba y río abajo, e iban tan ligeros que dejaban surcos en el agua como los torpedos.

Las rayas fueron entonces a ver al hombre.

—¡No podremos resistir más! —le dijeron tristemente las rayas. Y aún algunas rayas lloraban, porque veían que no podrían salvar a su amigo.

—¡Váyanse, rayas! —respondió el hombre herido—. ¡Déjenme solo! ¡Ustedes han hecho ya demasiado por mí! ¡Dejen que los tigres pasen!

—¡Ni nunca! —gritaron las rayas en un solo clamor—. ¡Mientras haya una sola raya viva en el Yabebirí, que es nuestro río, defenderemos al hombre bueno que nos defendió antes a nosotras!

El hombre herido exclamó entonces contento:

—¡Rayas! ¡Yo estoy casi por morir, y apenas puedo hablar; pero yo les aseguro que en cuanto llegue el rifle Winchester, vamos a tener farra para largo rato; esto yo se los aseguro a ustedes!

—¡Sí, ya lo sabemos! —contestaron las rayas entusiasmadas.

Pero no pudieron concluir de hablar porque la batalla recomenzaba. En efecto: los tigres, que ya habían descansado, se pusieron bruscamente en pie, y agachándose como quien va a saltar, rugieron:

—¡Por última vez, y de una vez por todas: paso!

—¡Ni nunca! —respondieron las rayas lanzándose a la orilla. Pero los tigres habían saltado a su vez al agua y recomenzó la terrible lucha. Todo el Yabebirí, ahora de orilla a orilla, estaba rojo de sangre, y la sangre hacía espuma en la arena de la playa. Las rayas volaban deshechas por el aire y los tigres bramaban de dolor; pero nadie retrocedía un paso.

Y los tigres no solo no retrocedían, sino que avanzaban.

En balde el ejército de dorados pasaba a toda velocidad río arriba y río abajo, llamando a las rayas: las rayas se habían acabado; todas estaban luchando frente a la isla y la mitad había muerto ya. Y las que quedaban estaban todas heridas y sin fuerzas.

Comprendieron entonces que no podrían sostenerse un minuto más, y que los tigres pasarían; y las pobres rayas, que preferían morir antes que entregar a su amigo, se lanzaron por última vez contra los tigres. Pero ya todo era inútil. Cinco tigres nadaban ya hacia la costa de la isla. Las rayas, desesperadas, gritaron:

—¡A la isla! ¡Vamos todas a la otra orilla!

Pero también esto era tarde: dos tigres más se habían echado a nadar y en un instante todos los tigres estuvieron en medio del río, y no se veía más que sus cabezas.

Pero también en ese momento un animalito, un pobre animalito colorado y peludo cruzaba nadando a toda fuerza el Yabebirí: era el carpinchito, que llegaba a la isla llevando el Winchester y las balas en la cabeza para que no se mojaran.

El hombre dio un gran grito de alegría, porque le quedaba tiempo para entrar en defensa de las rayas. Le pidió al carpinchito que lo empujara con la cabeza para colocarse de costado, porque él solo no podía; y ya en esta posición cargó el Winchester con la rapidez de un rayo.

Y en el preciso momento en que las rayas desgarradas, aplastadas, ensangrentadas, veían con desesperación que habían perdido la batalla y que los tigres iban a devorar a su pobre amigo herido, en ese momento oyeron un estampido, y vieron que el tigre que iba delante y pisaba ya la arena, daba un gran salto y caía muerto con la frente agujereada de un tiro.

—¡Bravo, bravo! —clamaron las rayas, locas de contento—. ¡El hombre tiene el Winchester! ¡Ya estamos salvadas!

Y enturbiaban toda el agua verdaderamente locas de alegría. Pero el hombre proseguía tranquilo tirando, y cada tiro era un nuevo tigre muerto. Y a cada tigre que caía muerto lanzando un rugido, las rayas respondían con grandes sacudidas de la cola.

Uno tras otro, como si el rayo cayera entre sus cabezas, los tigres fueron muriendo a tiros. Aquello duró solamente dos minutos. Uno tras otro se fueron al fondo del río, y allí las palometas se los comieron. Algunos boyaron después, y entonces los dorados los acompañaron hasta el Paraná comiéndolos y haciendo saltar el agua de contentos.

En poco tiempo las rayas, que tienen muchos hijos, volvieron a ser tan numerosas como antes. El hombre se curó y quedó tan agradecido a las rayas que le habían salvado la vida, que se fue a vivir a la isla. Y allí, en las noches de verano, le gustaba tenderse en la playa y fumar a la luz de la luna, mientras las rayas, hablando despacito, se lo mostraban a los pescados que no le conocían, contándoles la gran batalla que, aliadas a ese hombre, habían tenido una vez contra los tigres.

La abeja haragana

———————— ❄ ————————

Había una vez en una colmena una abeja que no quería trabajar, es decir, recorría los árboles uno por uno para tomar el jugo de las flores; pero en vez de conservarlo para convertirlo en miel, se lo tomaba del todo.

Era, pues, una abeja haragana. Todas las mañanas, apenas el sol calentaba el aire, la abejita se asomaba a la puerta de la colmena, veía que hacía buen tiempo, se peinaba con las patas, como hacen las moscas, y echaba entonces a volar muy contenta del lindo día. Zumbaba muerta de gusto de flor en flor, entraba en la colmena, volvía a salir, y así se pasaba todo el día mientras las otras abejas se mataban trabajando para llenar la colmena de miel, porque la miel es el alimento de las abejas recién nacidas.

Como las abejas son muy serias, comenzaron a disgustarse con el proceder de la hermana haragana. En la puerta de las colmenas hay siempre unas cuantas abejas que están de guardia para cuidar que no entren bichos en la colmena. Estas abejas suelen ser muy viejas, con gran experiencia de la vida y tienen el lomo pelado, porque han perdido todos los pelos de rozar contra la puerta de la colmena.

Un día, pues, detuvieron a la abeja haragana cuando iba a entrar, diciéndole:

—Compañera: es necesario que trabajes, porque todas las abejas debemos trabajar.

La abejita contestó:

—Yo ando todo el día volando, y me canso mucho.

—No es cuestión de que te canses mucho —respondieron—, sino de que trabajes un poco. Es la primera advertencia que te hacemos.

Y diciendo así la dejaron pasar.

Pero la abeja haragana no se corregía. De modo que a la tarde siguiente las abejas que estaban de guardia le dijeron:

—Hay que trabajar, hermana.

Y ella respondió enseguida:

—¡Uno de estos días lo voy a hacer!

—No es cuestión de que lo hagas uno de estos días —le respondieron— sino mañana mismo. Acuérdate de esto.

Y la dejaron pasar.

Al anochecer siguiente se repitió la misma cosa. Antes de que le dijeran nada, la abejita exclamó:

—¡Sí, sí, hermanas! ¡Ya me acuerdo de lo que he prometido!

—No es cuestión de que te acuerdes de lo prometido —le respondieron—, sino de que trabajes. Hoy es 19 de abril. Pues bien: trata de que mañana, 20, hayas traído una gota siquiera de miel. Y ahora pasa.

Y diciendo eso, se apartaron para dejarla entrar.

Pero el 20 de abril pasó en vano como todos los demás.

Con la diferencia de que al caer el sol, el tiempo se descompuso y comenzó a soplar un viento frío.

La abejita haragana voló apresurada hacia su colmena, pensando en lo calientito que estaría allá dentro, pero cuando quiso entrar, las abejas que estaban de guardia se lo impidieron.

—¡No se entra! —le dijeron fríamente.

—¡Yo quiero entrar! —clamó la abejita—. Esta es mi colmena.

—Esta es la colmena de unas pobres abejas trabajadoras —le contestaron las otras—. No hay entrada para las haraganas.

—¡Mañana sin falta voy a trabajar! —insistió la abejita.

—No hay mañana para las que no trabajan —respondieron las abejas, que saben mucha filosofía.

Y diciendo esto la empujaron afuera.

La abejita, sin saber qué hacer, voló un rato aún; pero ya la noche caía y se veía apenas. Quiso cogerse de una hoja y cayó al suelo. Tenía el cuerpo entumecido por el aire frío y no podía volar más.

Arrastrándose entonces por el suelo, trepando y bajando de los palitos y piedritas, que le parecían montañas, llegó a la puerta de la colmena, al tiempo que comenzaban a caer frías gotas de lluvia.

—¡Ay, mi dios! —clamó la desamparada—. Va a llover y me voy a morir de frío.

Intentó entrar en la colmena. Pero de nuevo le cerraron el paso.

—¡Perdón! —gimió la abeja—. ¡Déjenme entrar!

—Ya es tarde —le respondieron.

—¡Por favor, hermanas! ¡Tengo sueño!

—Es más tarde aún.

—¡Compañeras, por piedad! ¡Tengo frío!

—Imposible.

—¡Por última vez! ¡Me voy a morir!

Entonces le dijeron:

—No, no morirás. Aprenderás en una sola noche lo que es el descanso ganado con el trabajo. Vete.

Y la echaron.

Entonces, temblando de frío, con las alas mojadas y tropezando, la abeja se arrastró, se arrastró hasta que de pronto rodó por un agujero; cayó rodando, mejor dicho, al fondo de una caverna.

Creyó que no iba a concluir nunca de bajar. Al fin llegó al fondo y se halló bruscamente ante una víbora, una culebra verde de lomo color ladrillo, que la miraba enroscada y presta a lanzarse sobre ella.

En verdad aquella caverna era el hueco de un árbol que habían trasplantado hacía tiempo, y que la culebra había elegido de guarida.

Las culebras comen abejas, que les gustan mucho. Por esto la abejita, al encontrarse ante su enemiga, murmuró cerrando los ojos:

—¡Adiós mi vida! Esta es la última hora que yo veo la luz.

Pero con gran sorpresa suya, la culebra no solamente no la devoró, sino que le dijo:

—¿Qué tal, abejita? No has de ser muy trabajadora para estar aquí a estas horas.

—Es cierto —murmuró la abeja—. No trabajo, y yo tengo la culpa.

—Siendo así —agregó la culebra, burlona— voy a quitar del mundo a un mal bicho como tú. Te voy a comer, abeja.

La abeja, temblando, exclamó entonces:

—¡No es justo eso, no es justo! No es justo que usted me coma porque es más fuerte que yo. Los hombres saben lo que es justicia.

—¡Ah, ah! —exclamó la culebra, enroscándose ligera—. ¿Tú conoces bien a los hombres? ¿Tú crees que los hombres que les quitan la miel a ustedes, son más justos, grandísima tonta?

—No, no es por eso que nos quitan la miel —respondió la abeja.

—¿Y por qué, entonces?

—Porque son más inteligentes.

Así dijo la abejita. Pero la culebra se echó a reír, exclamando:

—¡Bueno! Con justicia o sin ella te voy a comer; apróntate.

Y se echó atrás, para lanzarse sobre la abeja. Pero esta exclamó:

—Usted hace eso porque es menos inteligente que yo.

—¿Yo menos inteligente que tú, mocosa? —se rió la culebra.

—Así es —afirmó la abeja.

—Pues bien —dijo la culebra—, vamos a verlo, vamos a hacer dos pruebas. La que haga la prueba más rara, esa gana. Si gano yo, te como.

—¿Y si gano yo? —preguntó la abejita.

—Si ganas tú —repuso su enemiga—, tienes el derecho de pasar la noche aquí, hasta que sea de día. ¿Te conviene?

—Aceptado —contestó la abeja.

La culebra se echó a reír de nuevo, porque se le había ocurrido una cosa que jamás podría hacer una abeja. Y he aquí lo que hizo:

Salió un instante, tan velozmente que la abeja no tuvo tiempo de nada y volvió trayendo una cápsula de semillas de eucalipto, de un eucalipto que estaba al lado de la colmena y que le daba sombra.

Los muchachos hacen bailar como trompos esas cápsulas, y les llaman trompitos de eucalipto.

—Esto es lo que voy a hacer —dijo la culebra—. ¡Fíjate bien, atención!

Y arrollando vivamente la cola alrededor del trompito, como un piolín, la desenvolvió a toda velocidad, con tanta rapidez, que el trompito quedó bailando y zumbando como un loco.

La culebra se reía, y con mucha razón, porque jamás una abeja ha hecho ni podrá hacer bailar a un trompito. Pero cuando el trompito que se había quedado dormido zumbando, como les pasa a los trompos de naranjo, cayó por fin al suelo, la abeja dijo:

—Esa prueba es muy linda, y yo nunca podré hacer eso.

—Entonces te como —exclamó la culebra.

—¡Un momento! Yo no puedo hacer eso; pero hago una cosa que nadie hace.

—¿Qué es eso?

—Desaparecer.

—¿Cómo? —exclamó la culebra, dando un salto de sorpresa—. ¿Desaparecer sin salir de aquí?

—Sin salir de aquí.

—¿Y sin esconderte en la tierra?

—Sin esconderme en la tierra.

—Pues bien, ¡hazlo!, y si no lo haces, te como enseguida —dijo la culebra.

El caso es que mientras el trompito bailaba, la abeja había tenido tiempo de examinar la caverna, y había visto una plantita que crecía allí. Era un arbustillo, casi un yuyito, con grandes hojas del tamaño de una moneda de dos centavos.

La abeja se arrimó a la plantita, teniendo cuidado de no tocarla, y dijo así:

—Ahora me toca a mí, señora Culebra, me va a hacer el favor de darse vuelta, y contar hasta tres. Cuando diga "tres", búsqueme por todas partes, ¡ya no estaré más!

Y así pasó, en efecto. La culebra dijo rápidamente: "uno, dos, tres", y se volvió y abrió la boca cuan grande era de sorpresa: allí no había nadie. Miró arriba, abajo, a todos lados, recorrió los rincones, la plantita, tanteó todo con la lengua. Inútil: la abeja había desaparecido.

La culebra comprendió entonces que si su prueba del trompito era muy buena, la prueba de la abeja era simplemente extraordinaria. ¿Qué se había hecho? ¿Dónde estaba?

No había modo de hallarla.

—¡Bueno! —exclamó por fin—. Me doy por vencida. ¿Dónde estás?

Una voz que apenas se oía, la voz de la abejita salió del medio de la cueva.

—¿No me vas a hacer nada? —dijo la voz—. ¿Puedo contar con tu juramento?

—Sí —respondió la culebra—. Te lo juro. ¿Dónde estás?

—Aquí —respondió la abejita, apareciendo súbitamente de entre una hoja cerrada de la plantita.

¿Qué había pasado? Una cosa muy sencilla: la plantita en cuestión era una sensitiva, muy común también aquí en Buenos Aires, y que tiene la particularidad de que sus hojas se cierran al menor contacto. Solamente que esta aventura pasaba en Misiones, donde la vegetación es muy rica, y por lo tanto muy grandes las hojas de las sensitivas. De aquí que al contacto de la abeja, las hojas se cerraran, ocultando completamente al insecto.

La inteligencia de la culebra no había alcanzado nunca a darse cuenta de este fenómeno; pero la abeja lo había observado y se aprovechaba de él para salvar su vida.

La culebra no dijo nada, pero quedó muy irritada con su derrota, tanto que la abeja pasó toda la noche recordando a su enemiga la promesa que había hecho de respetarla.

Fue una noche larga, interminable, que las dos pasaron arrimadas contra la pared más alta de la caverna, porque la tormenta se había desencadenado y el agua entraba como un río adentro.

Hacía mucho frío, además, y adentro reinaba la oscuridad más completa. De cuando en cuando la culebra sentía impulsos de lanzarse sobre la abeja, y esta creía entonces llegado el término de su vida.

Nunca, jamás creyó la abejita que una noche podría ser tan fría, tan larga y tan horrible. Recordaba su vida anterior, durmiendo noche tras noche en la colmena, bien calientita, y lloraba entonces en silencio.

Cuando llegó el día y salió el sol, porque el tiempo se había compuesto, la abejita voló y lloró otra vez en silencio ante la puerta de la colmena hecha por el esfuerzo de la familia. Las abejas de guardia la dejaron pasar sin decirle nada, porque comprendieron que la que volvía no era la paseandera haragana, sino una abeja que había hecho en solo una noche un duro aprendizaje de la vida.

Así fue, en efecto. En adelante, ninguna como ella recogió tanto polen ni fabricó tanta miel. Y cuando el otoño llegó, y llegó también el término de sus días, tuvo aún tiempo de dar una última lección antes de morir a las jóvenes abejas que la rodeaban:

—No es nuestra inteligencia, sino nuestro trabajo quien nos hace tan fuertes. Yo usé una sola vez mi inteligencia, y fue para salvar mi vida. No habría necesitado de ese esfuerzo si hubiera trabajado como todas. Me he cansado tanto volando de aquí para allá, como trabajando. Lo que me faltaba era la noción del deber que adquirí aquella noche.

"Trabajen, compañeras, pensando que el fin a que tienden nuestros esfuerzos —la felicidad de todos— es muy superior a la fatiga de cada uno. A esto, los hombres llaman ideal, y tienen razón. No hay otra filosofía en la vida de un hombre y de una abeja".